縁もゆかりもあったのだ

こだま

太田出版

京都の山科疏水、桜と菜の花の道が続く。カメラを構えたらスッと中央に入ってきた

秋の鴨川、同行者に半日シャボン玉を吹かせた

羽田からモノレール、夕暮れの景色は贅沢

夫のオンラインゲームを全身で阻止する

ハワイの海ではしゃぐ母、遠方に父と妹

無職三人組、これがいつもの光景

入院食で季節の移ろいを知る

台湾北部の九份《キュウフン》、観光客に媚びない犬

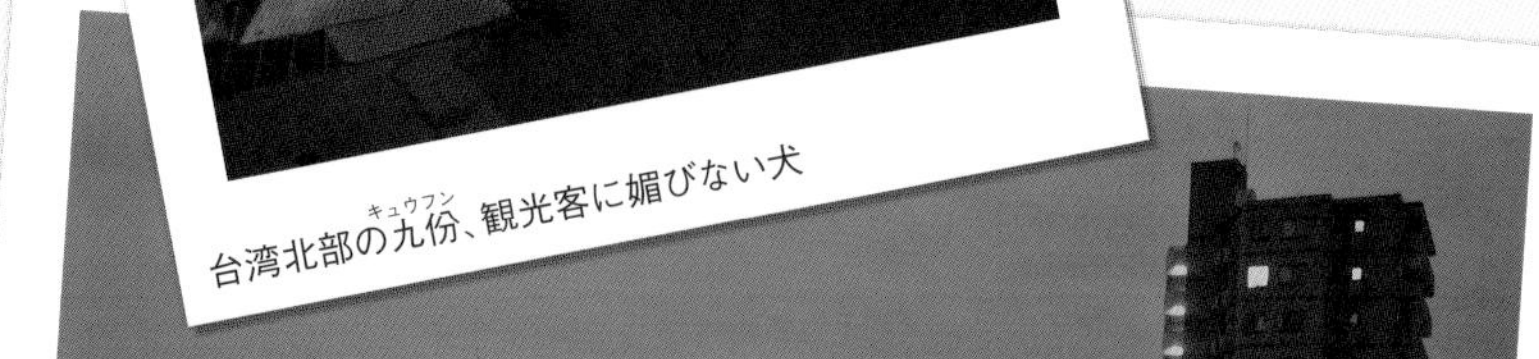

不安になると登った品川神社の石段

縁もゆかりもあったのだ

縁もゆかりもあったのだ　目次

京都を知っていた

子供のころ、ひどい赤面症だった。そのうえ軽い吃音や声の震えもあり、授業中に朗読の順番が回ってくるのがとても恐ろしかった。真っ赤になって言葉を詰まらせているると変な目で見られ、笑われた。人と向かい合うと全身から汗が噴き出し、気軽におしゃべりすることもできない。誘いを断るにも言葉が必要だから、たいてい「うん」の一言で済ませていた。

小学校五年生のとき、こんな私でも人と交流できる道を見つけた。

手紙である。学習教材の片隅に文通相手を探すコーナーができたのだ。

胸が高鳴った。手紙なら、相手を目の前にして話さなくてよいのなら、いける。

「文通」は私のためにあると思った。

ひとりずつじっくり目を通していくと、ある女の子の自己紹介が目に留まった。

「いらないものを交換しませんか」

京都市北区に住む同い年のチカちゃんという子だ。

好きなアイドルや趣味を堂々と宣言する人が多い中、その簡素な一文が私には眩しく見えた。


何でもいいのかな。

学習机の引き出しをまさぐり、処分に困っていた使い捨てカイロと健康祈願の御守りを封筒に詰めた。桜の時期を迎え、北の集落で暮らす私ですら使わなくなった季節外れの大きなカイロをどうして京都の子が喜ぶだろう。そして見知らぬ人間のお下がりの、聞いたこともない神社の御守り。不気味なこと極まりない。

「ほんとにいらねえもん送ってきやがった」

ぱんぱんに膨らむ封筒を開けた瞬間の彼女の眉間のしわを、戸惑いを、大人になったいまなら想像できる。

見知らぬ相手に手紙を書くことに不安はなかった。「いらないもの」について綴るうちに、私のことも知ってもらいたくなった。生まれ育った集落やその気候、スキーが得意なこと、でも泳ぐのは苦手なこと。紙の上では不思議なくらいすらすらと言葉があふれ出るのだった。

学校から帰ると、「入っていますように」と胸の前で小さく手を合わせてから郵便受けを覗くようになった。

何度目かのお祈りを経て、それは届いた。顔もわからない京都の女の子が私の住所と名前を書いてくれている。くせのない大人びた文字だった。くすぐったい気持ちのままでいたくて、しばらく封を開けずに勿体ぶった。

その少し大きな封筒の中には五重塔や観音様のポストカードが数枚入っていた。

「まさに京都の人って感じ」

集落からほとんど出たことのない子供にとって、初めて触れる生身の異文化だった。中でも目を奪われたのは赤茶けたレンガの橋だ。

「水路です」

チカちゃんの丁寧な文字を何度も読み返した。私の知っている田んぼの用水路とはずいぶん違う。橋脚には窓のような空洞が施されており、外国の風景を眺めている気分になった。

チカちゃんとは中学を卒業するころまで手紙のやりとりが続いた。好きな男の子の話もした。修学旅行や家族の写真を送り合うこともあった。彼女は、手脚がすらりと伸びたショートボブの活発そうな女の子だった。

五年も文通していたけれど、会ってみたいとは一度も思わなかった。手紙だから饒舌に話せる。手紙だから私のことを嫌わずにいてもらえる。会ったら落胆させてしまう。文字に思いを託す関係で充分だった。

高校に入ってからは、お互いに新しい生活や人間関係に気を取られ、どちらともなく返信の間隔が空いた。二ヶ月、三ヶ月、半年、一年、二年。「お久しぶりです」と書き出してみたものの、長い沈黙を破ってまで伝えたいことが特段思いつかない。日の傾きをぼんやり眺めていたら、いつしか暗闇に包まれていたように、わかりやすい断絶のないままチカちゃんとの手紙はそれっきりになった。


彼女の存在を思い出したのは三十代に入ってからだ。

当時、私はライターとして働いていた。毎日知らない人に会い、慣れないながらも取材をこなしていた。書くことだけはずっと好きだったけれど、土日も遅くまで仕事が入り、ある日とうとう過労で倒れてしまった。

どこか遠くに出かけよう。ひとり旅をしよう。

退職の手続きをしながら「行き先は京都がいいな」と何の迷いもなく決めていた。

かつて宛名に書き続けた京都。彼女との交流は途絶えてしまったけれど、街への愛着は変わらない。

何でもインターネットで調べられる時代なのに、わざわざハンドブックを購入した。初めてのひとり旅だから、記念に買いたかった。

高揚感に浸りながらページをめくった。八坂の塔、祇園の街並み、石畳、のどかな鴨川沿いの風景。うっとりする。そんな中、とある写真から目が離せなくなった。

知ってる。私この場所、ずっと前から知ってる。

チカちゃんの送ってくれたポストカード。あの「水路」だ。


四月初旬の京都の街をひとり歩いた。

ひっそり花開く山桜ばかり見て育った私は、交通標識や寺院に覆い被さるように枝を張り、その先までみっしりとまばゆい色を付ける京都の桜に、ただ圧倒された。無数の眼がまばたきもせずこちらを見ている。そんな気持ちになった。

私の足は京都市の東側、南禅寺に向かった。寺のシンボルとなっている荘厳な三門を抜け、境内の片隅に視線を移すと不意にそれが目に入った。

「あ、チカちゃんの水路」

思わず声に出していた。

正しくは「水路閣」と呼ぶらしい。琵琶湖の湖水を京都市内に引くためのアーチ状の橋だった。

初めて訪れたのに、初めてじゃない。懐かしさが込み上げてくる。橋脚の洋風窓のような緩やかな曲線も、苔むしたレンガの色も知っている。昔のままだ。答え合わせをするように、記憶の断片と断片がつながってゆく。

勝手に「友達」と呼んでいた京都の女の子、六十円切手で届いた手紙、部屋の壁に貼っていた「水路」。小学生のふたりに手を引かれるようにアーチをくぐり、レンガを撫でながら思った。チカちゃん、京都いいところですね。

祈りを飛ばす人、回収する人

三十代後半から両親と私の三人で旅に出るようになった。

結婚後、顔を合わせれば「子供いつ産むの」「婦人科に行きなさい」と母に言われ、すっかり実家に寄り付かなくなっていたけれど、私に不治の病が発症してからは、その怨念めいた問いかけがぴたりと止んだ。

ようやく家に帰ることを許されたような気がした。

そうして旅が始まった。

この三人の組み合わせは思いの外よかった。

私の夫は仕事に忙殺されている。せっかくの休みに遠くまで付き合わせるのは忍びない。妹夫婦は子育てに奔走し、旅どころではないという。

定職を持たない私と父と母。我ら三人組は土日だろうと平日だろうと一向にかまわない。いつだって「行こう」と決めたら自由に動ける。

二〇一八年の春、旅行会社のパンフレットを眺めていた母が「次は台湾なんかどう？　暖かいし」と言い、その場で行き先があっさり決定した。

子供のころは常に節約を強いられ、欲しいものを「欲しい」と言えた記憶がまるでない。両親も贅沢をせずに慎ましく暮らしていた。彼らが自分たちのためだけにお金を使うようになったのは娘三人が独り立ちをしてから。そこに無職で病気持ちの私も加わるようになったのだ。

母が選んだのは台湾を三泊四日で縦断する強行バスツアーだった。流暢な日本語を話す現地ガイドの青年、林《リン》さんの掲げる小旗のあとを三十人の中高年がぞろぞろと続いた。

華やかなネオンの下を列をなして行き交うオートバイ。極彩色の看板に建築物。所狭しと屋台の並ぶ夜市。その店先から漂う肉汁の匂い。そのどれもが刺激的だった。

中でも忘れられないのが北部の山奥にある十分《シーフェン》という小さな町での出来事だ。

台北から高速に乗って東へ進むと、車窓の景色が高層タワーから山並みへと変わった。ふと隣の車線に目を移すと、にわとりをみっしりと載せたトラックが並んだ。出荷されるのだろうか。何段にも積み重なる鉄のケージが、にわとりの集合住宅に見えた。むき出しのマンションだ。白い羽毛を散らしながら私たちのバスを追い越してゆく。小さな体でこんなにも強い風を受けて大丈夫なのか。捌かれるだけだから気を回されていないのだろうか。

にわとりたちの残り少ない余生を思い浮かべていたら、今度は豚をぎゅうぎゅうに詰め込んだトラックが並走した。やはり、むき出しだった。ワイルドだ。鉄格子の奥で薄桃色の鼻を慌しく動かしている。天を覆う幌もない。日差しをがんがんに浴びて暑かろう。泥だらけの豚たちもあっという間に視界から消えた。

さようなら、にわとり。さようなら、豚。

豚の行き着く先を想像しているうちに、バスは細い山道を上っていた。

「みなさん、あの山の上を見て。ランタンが飛んでるよ」

林さんの指差す方向に風船のようなものがふわふわと上昇し、やがて点になった。

「天燈《てんとう》上げ」というこの地域の観光の目玉で、今から私たちも体験するという。

到着したのは小さな十分駅。「いったいどうしてこんな山奥に」と声を上げてしまうほど、さまざまな国の観光客であふれかえっていた。

一時間に一本しか列車が来ないため、線路の上で堂々と天燈が売られている。その無人の気球のような物体は、火を噴きながら数秒おきに空へと放たれていた。

私たち家族も天燈の商人に導かれるまま、筆を渡された。

紙で作られた四角い天燈の側面に墨汁で願い事を書いて飛ばすのだという。その願いの種類によって紙の色が違うらしい。黄色は金運、青色は仕事運、桃色は人間関係などと一覧表になっていた。

「赤は〝広くなんでもＯＫ〟よ」という商人の言葉に乗せられ、我が家はお得なその色を選んだ。

一家でひとつ。四つの側面にそれぞれの願いを書いた。

母にそう言われ、墨汁を滴らせながら「〇〇家が健康でありますように」と、ありきたりだけれど、両親の長生きを願った。自然に出てきたのは旧姓のほうだった。

「あんたは先が長いんだからふたつ書きなさい」

もう一面には自分のことを書こう。私の頭の中には執筆のことしかない。今はただそれだけだ。誰にも邪魔されることなく、締め切りに追われてノイローゼになることもなく、匿名作家として書いていけますように。でも本は売れてほしい。それを両立させるのは難しい。限度がある。だから神に祈るしかない。今ここに書きたい。台湾の空に飛ばしたい。「作家として大成しますように」と大きく書きたい。

しかしながら『夫のちんぽが入らない』という私小説を出したなんて親に言えない。『ここは、おしまいの地』というエッセイにも両親がたびたび登場する。父の太腿が野良犬に噛まれてズタボロになったこと、母の実家が悪の巣窟と化していること。そんな身内の恥をひたすら書いたのだった。

私は筆を持ったまま、しばらく悩んだ。ここで思い切って書くかどうかで人生が変わるような気がした。試されている。

私は墨をたっぷりとつけて「大成しますように」とだけ書いた。

度胸がなかった。

こんな「あとは汲み取って、察して」と丸投げするような願い、神様も困惑する。

両親は何と書いたのだろう。覗き込んだ。

父は「長生きするぞ」と私に負けず劣らず平凡な願いをしたためていた。

やはり親子だ。

母もそんな感じか。

笑いながら視線を移した先に思いもよらぬ一文があった。

「〇〇の難病が治りますように」

私の名前だった。

母は娘の無事だけを祈っていた。

治りはしないんだよ。進行を遅らせることはできるけど。

自分の願い事を書けばいいのに。私のことなんかいいのに。

思わず涙がこぼれそうになった。言葉にならなかった。

せめて素直に「ありがとう」と言えたらよかった。


親子三人で天燈の端を持ち、商人がその膨らみの下から燃料に点火した。

「せーの」の合図で私たちは一斉に手を離した。

余韻を楽しむ間もなく、赤い天燈は炎と共にみるみる浮上していった。

家族それぞれの願いが台湾の上空で粒になった。そうして、すぐにまわりの粒と見分けがつかなくなり、視界から消えた。

その若い商人は「まっすぐ上がったら願いが叶う」と教えてくれた。その言葉を信じたい。

集合までまだ時間があったので、駅の近くにある吊り橋を渡った。年季の入った大きな橋だ。下には川が流れている。

川岸の岩に何かが引っかかっている。

黄色いもの、桃色のもの、そして赤いもの。ふるさとの川で生涯を終える鮭のように、役目を果たした天燈の死骸が岸のあちこちで、くしゃっと潰れていた。

異国の文字を刻んだ死骸がこの山にいくつ落ちているのだろう。

枝先に、電線に、そして民家の屋根に。

さっきまでの浮かれた気分も萎んでいった。

林さんが吊り橋を渡ってくるのが見えた。

「こうしてごみになっちゃうんですね。そりゃあそうですよね。やらなければよかった」

上空できれいに燃え尽きる。そんな美しい物語が頭の中で都合よく出来上がっていた。

「大丈夫ですよ。回収する係、ちゃんといますから」

林さんは笑った。

色とりどりの死骸を背中の竹かごに無表情で放り込む現地の人の姿を想像した。世の中きれいなものばかりではないと知っている回収人。他人の夢を拾い集める人たち。そんな人にこそ幸が訪れてほしい。

アジア系の男の子がガニ股になって吊り橋を大きく揺らした。

私は我に返り、林さんの背中を追ってバスに戻った。

東京は、はじまりの地

東京は私にとって縁のない場所だった。

高校の修学旅行や海外へ行く飛行機の乗り継ぎ時間を潰すために立ち寄る程度だった。東京のことを何も知らない、何をすればいいかわからない。そんなぼんやりとした怖さがあり、どこか避けるように過ごしていた。

その封印が解けたのは二〇一〇年。同じ投稿サイトの仲間二十人と蒲田で会う約束をしたのだ。これをきっかけに出かけてみよう。ようやく東京へ行く目的ができた。

都心での飲み会だったら山暮らしの私が辿り着けないだろうと配慮しての蒲田だった。みなさん親切なのだ。宿も蒲田に取っていた。

「蒲田なら空港からすぐだから大丈夫だよ」と言われたが、東京に大丈夫な場所があるとは思えなかった。

ひとりでちゃんと電車に乗れるだろうか。三十歳をとうに過ぎているのに、そんな初歩的なところで躓いてしまう。私の故郷には線路すら通っていない。バスは一日二本。とても難易度の高いミッションにしか思えない。

その日、私は羽田に降り立ち、はらはらしながら京急空港線に乗り込んだ。京急蒲田駅で降りる。ただそれだけ。なんでもないことだった。

確かに蒲田は怖くなかった。

東京の一部を知っただけ。でも、自分の中では大きな変化だった。


四年後の二〇一四年。私は文学フリマという同人誌即売会に参加するため上京していた。ひとりでは不安だったので、ネット上で「誰か一緒に出ませんか」と仲間を募った。ありがたいことに、これまた投稿サイトの仲間三人が応じてくれて、エッセイや創作を一冊の本にまとめた。

ゴールデンウイークのさなかだった。私の大きなバッグには、自宅のプリンターで刷った大量のポストカードと地元の銘菓がぎっしり詰まっていた。どちらも同人誌を購入してくれたお客さんへのおまけの品である。

参加経験もない、ただの素人である私たちの文章を五百円も出して買ってくれる人がどれだけいるのだろう。百冊も注文したのに売れなかったどうしよう。そんな不安から「どうか、これでひとつ」とおまけを握らせ、ごまかそうという魂胆だった。

この日は京急沿線にある北品川の宿を予約していた。京急には「羽田空港と一本でつながっている」という妙な安心感があった。その先には私の故郷がある。そう考えると心細さも薄まる。

大荷物を抱えて赤色の電車に乗った。ずっと窓の外を眺めていた。間もなく北品川に到着というときだった。目の前の斜面が赤、白、桃色のつつじで埋め尽くされていた。いくつもの鞠がはめ込まれているような、こんもりとした美しい壁画に見えた。あれは何だろうと目を凝らしていたら、電車が進むにつれ、道路に面した立派な構えの鳥居が目に入った。品川神社と書いてある。

あそこに行きたい。行かなきゃ。

東京、初めての同人誌即売会。不安がこみ上げてきて、電車を降りると突き動かされるようにまっすぐ神社に向かった。

鳥居をくぐり、やや急な石段を上る。ふと横に目をやると、その斜面に鮮やかな桃色のつつじが枝を突き出していた。一段ごとに、薄明かりに包まれる北品川の街が視界に広がっていく。

賽銭を入れ、慎重に祈った。

「同人誌を買ってもらえますように」

日がすっかり落ちるまで境内の大きな石に座り、行き交う電車を眺めていた。暗がりの中の、薄ぼんやりとしたつつじの輪郭もまた美しかった。


別に祈ったおかげではないけれど、翌日の即売会は予想を大きく上回る盛況ぶりだった。同人誌は二時間ほどで完売した。普段から私たちの文章を読んでくれている人たちがやって来て、一言二言交わしては帰ってゆく。同窓会のような、はたまた放課後の教室のような穏やかな時間だった。


あれから四年。まったく縁のなかった東京に、現在は月一で通っている。これは持病の通院と同じペースだ。

緊張しないで電車に乗れるようになったけれど、ついこのあいだまで宿泊先に変なこだわりがあった。蒲田、北品川、新馬場、大鳥居、大森海岸、品川、と京急沿線の宿にしか泊まらない、と自身に課していたのだった。品川より奥、都心方面に泊まってはいけない。もうひとりの自分が「そっちに泊まるのは生意気だ」と言ってくる。

でも、あるとき気が付いた。

空港からモノレールもあるじゃないか。故郷とつながっているではないか。

一気に浜松町まで宿泊範囲が広がった。それをきっかけに全身を縛っていた縄がするすると解け、自由になった。新宿、高円寺、阿佐ケ谷、新橋、国分寺、とその時々の目的に合わせてどこにでも泊まるようになった。

最初から自由でよかったんだ。いまとなっては謎の「京急縛り」もいい思い出だ。


同人誌でつながった仲間は現在、純文学、漫画、私小説やエッセイと、それぞれの分野で活動している。彼らの作品に触れるたび「もっといいものを書きたい」と気持ちが昂る。みんなで会うことはなくなったけれど、掲載誌や書籍で近況を知る。

やってみないとわからないことの連続だった。


勇気を出して東京へ行ってよかった。文学フリマに出てよかった。その誘いに乗ってくれたのが気の置けない知人でよかった。恥も外聞も捨てて『夫のちんぽが入らない』という私小説を書いてよかった。それがたまたま編集者の目に留まってよかった。『クイック・ジャパン』と『週刊ＳＰＡ！』からの執筆依頼を断らなくてよかった。

信頼できる編集者に巡り会えてよかった。『夫のちんぽが入らない』を書籍化してもらえてよかった。中傷の言葉が飛んでくることもあったけれど、それらがどうでもよくなるくらいもっといいものを書こうと打ち込めてよかった。好きなように書いてやると開き直り『ここは、おしまいの地』というエッセイを出してよかった。そして、思いも寄らない賞をいただけて本当によかった。

何度東京を訪れても目に浮かぶのは品川神社の高台から見下ろした薄暮の街並みとつつじの花。そして「同人誌を買ってもらえますように」と手を合わせていたときの心細さ。

あのときからすべてがつながっている。無駄なことなんて、ひとつもなかった。

メロンと郷愁

夫と食の好みが合わない。絶望的に合わない。夫は私ではないのだから仕方ない。夫は私が好むトマトやナスなどの野菜料理全般を憎み、私は夫の大好物である焼肉や唐揚げといった油ものをあまり食べない。毎日の食卓に何を並べたらいいのか、わからないまま二十年近く経っている。

そんな中、お互い「最高」と一致した料理がふたつだけある。

メロンと蟹だ。

もはや料理ではない。素材だ。でも、これらしか共通点がない。

ここ数年、私たちは夏にメロン、冬は蟹を食べるためだけに遠出するようになった。

二〇一三年の初夏、旅行サイトを眺めていると「夕張メロン食べ放題」という文字が目に飛び込んできた。まさか。そんなことがあっていいのか。この機会を逃してはいけない。

私は仕事中の夫に大慌てでメールを送り、すぐさま旅の予約を入れた。出かけるまでの約二ヶ月間、私たちは一切れのメロンも口にしないと決めた。「メロン断ち」である。それくらいの覚悟を持って臨むのがメロン界の王者への礼儀というものだ。

その辺のスーパーに並ぶ品種の曖昧なメロンなど口にしてはいけない。母がお土産に持ってきた大きなマスクメロンも固辞した。

この夏最初に味わうメロンは食べ放題会場の夕張メロンにしよう。すっかり「夕張メロン」と「食べ放題」の文字に取り憑かれてしまった。

八月初旬、いよいよメロンの解禁日を迎えた。グルメと無縁だった私たちが食を目的にした旅に出るのは、それが初めてのことだった。大人になってこんなにも旅にときめくことがあっただろうか。メロンのことを考えて眠れない日が来るなんて思ってもみなかった。

夕張市は北海道の中央部に位置する。財政破綻、過疎化など翳《かげ》った印象を抱く人が多いかもしれないが、我らメロン愛好家には「お宝を生み出す崇高な街」に他ならない。

お宝の地へ向かう道中、私たちは興奮を隠し切れなかった。遠足を楽しみにする小学生みたいに、前の晩よく眠れなかった。

「とは言っても食べ放題だからね」

「B級品だろうね。期待しすぎるとその分ショックも大きいよ」

自ら上げすぎたハードルの下方修正に余念がない。我々はスーパーの店先に漂う甘い香りの誘惑に耐え、「メロン断ち」までしたのだ。この一日に賭けてきたのだ。この二ヶ月が丸々無駄になる可能性だってある。

「まあ今回はどんなものか様子を見に行くだけだから」

「食べ放題なんてことある？　やっぱり数に制限あるんじゃないかな」

「いくらでも出てくるわけないよね」

落胆しないよう予防線を張ることに必死だった。


どこまでも澄んだ空。車窓に広がる、まばゆい緑。道路脇に繁茂する背丈の高いオオハンゴンソウの黄色い花。四方を取り囲む山々から響く蝉の鳴き声。絵に描いたような山里の夏だった。

「あの中に、お宝が」とビニールハウスの連なりを眺めているうちに夕張の街に到着した。のぼり旗に描かれたメロンが風になびいている。店先のテントには、大玉のメロンがいくつも並べられていた。

会場は、とあるホテル。夕食のバイキングに夕張メロンが並ぶという。私たちは、その日の昼食をラーメンのみに抑え、間食を一切しなかった。これも本番前の通過儀礼である。

メロン前の特等席をキープするため、早めに会場へ足を運ぶと、すでに長い行列ができていた。中国からのツアー客らしい。

「やられたな」

「こんなに団体客がいたら、すぐメロンなくなっちゃうね」

マラソンのゴール目前で一気に他国の選手に追い抜かれた気分だ。

「いや、そもそも他の客は普通にバイキングが目的のはずだ。こんなにもメロンに固執する客は俺らしかいない」

「そうだよね、私たちはメロンしか食べないつもりでこの場に臨んでいるんだから」

沈みかけた気持ちが再浮上した。そう、私たちはこの日のことだけを考えて生活してきたのだ。意識の差を見せ付けてやる。

会場の扉が開いた。スタッフがツアー客に中国語で話しかけている。私たちも彼らの列の末尾に続いた。家族連れが順に席へと案内されている。

スタッフがこちらに近付いてきた。いよいよ私たちの番だ。胸を高鳴らせ、気を付けの姿勢でキリッと直立していると、夫が聞き慣れない言葉で質問された。

どうやら我々夫婦も中国のツアー客だと思われたらしい。

夫は全く動じることなく「トゥー」と言った。人数を訊かれていたようだ。元気よく答え、裏ピースのように二本指を立てて見せている。

「俺ら、そんな中国人っぽかったかな」

そう訝しむ夫は、胸に「モリゾーとキッコロ」のイラストが入ったポロシャツを着ていた。二〇〇五年「愛・地球博」のマスコットである。それっぽいどころではない。

「万博以来の来日です。日本といえばモリゾーとキッコロです」といった時間の止まった親日家の観光客そのものである。

夫はこのポロシャツをなぜかたいそう気に入っており、とっくにブームが去ったあとも着ていた。この日もメロンのために最高のお出かけ着として選んだのだろう。

国籍ごときで怯んでいる場合ではない。胸を張って食べよう。

私たちは夕張メロンの載った大皿の一番近くに着席した。オレンジ色の果肉が金塊のように積まれていた。こんな惚れ惚れとする光景がありましょうか。寿司やステーキには見向きもせず、まっすぐ目的の場所へ進んだ。そして、八分の一にカットされたそれを取り皿に盛った。

無言でかぶりついた。芳醇な香りが口の中いっぱいに広がる。どこまでも甘く、やわらかい。これを心ゆくまでおかわりしていいというのだ。なんてことだろう。

「いままで俺らが食べていたのは瓜。これが本物のメロンだ」

夫の漏らした一言に尽きる。私たちはメロンばかり何皿も食べ続けた。あっという間にテーブルの上には皮が山盛りになった。ふたりで三玉分も平らげてしまったようだ。

ふと我に返って辺りを見回すと、こんな卑しい食べ方をしているのは私たちだけだった。中国人ツアー客は野菜、おかず、主食と順に味わい、最後にデザートとしてメロンを食べていた。なんてお行儀の良い人たちだろう。国籍不明のモリゾー&キッコロ夫婦は出入り禁止を言い渡されてもおかしくなかった。

メロンで腹の中をたぷたぷにした私は、部屋で寝転がる夫を残し、ひとり夜の街を散歩した。「ゆうばりキネマ街道」と名付けられた通りには「猿の惑星」や「太陽がいっぱい」など往年の名作映画の手描き看板が掲げられていた。ほのかな灯りの下に主人公の顔が浮かんでいる。

空き家となったスナックの軒下では野良猫が低い声色で威嚇し合っている。木造の廃屋が続く。中心街とは思えないほど閑散としているが、それもまたいい。

この街の草木が放つ匂いと湿度に覚えがあった。私の生まれ育った集落に似ているのだ。風景も、この胸が苦しくなるほどの空気も、静けさも。

あれから五年。私たちは今年の夏もこの地を訪れた。思い残すことがないよう、ひと夏分のメロンを食べた。そして、儀式のように夜の街をひとりで歩く。川の流れに耳を澄ます。生い茂る草木の前で立ち止まっては、深く息を吸い込む。「何もない」と言われるのは悪いことだろうか。そんなことを考え、故郷と同じ夏の匂いをまといながら歩き続けた。

監獄のある街で

「俺はたったいま刑務所から出てきたんだ」

見ず知らずの男性に突然そう話しかけられたことがある。

真冬のＪＲ網走駅構内での出来事だった。

私は大学生で、数年後に夫となる人と青春18きっぷを使って北海道をぐるりと旅行していた。オホーツク海に面するその街に立ち寄り、名物の駅弁「かにめし」を買い、ベンチに座ってさあ食べようというときだった。

浅黒い皮膚をたるませた六十代くらいの小太りな男性がふらりとやって来て、私たちのすぐ横に腰を下ろした。まわりに客はほとんどおらず、ベンチもたくさん空いているというのに。

そして冒頭の一言だった。

娑婆で接する最初の人間が私たちだったのかもしれない。会話の距離感を忘れてしまったのか、元からそうなのか、とにかく、いきなりだった。

私たちは「えっ」と発したまま固まった。

刑務所と監獄博物館のある街特有の冗談だろうか。反応に困り、苦笑いしていると、おじさんは身を乗り出して話し始めた。

ちょっと悪いことをして五年服役していたこと。これから列車で女満別空港まで行き、飛行機で東京へ帰ること。そこでは「むかし俺が世話をしていたやつら」が帰りを待っていること。

どこか誇らしげに語るおじさんの前歯は欠けていた。

その「ちょっと悪いこと」が気になって仕方なかった。

クスリですか。放火ですか。それとも。

気さくなその人は喜んで教えてくれそうだけど、どんな顔で聞けばよいかわからないので黙っていた。学生の「ちょっとした」いたずらとは大きくかけ離れていることだけは確かだ。

私たちは膝の上に載せた「かにめし」に手を付けられずにいた。気が引けた。ムショ帰りの人の前で、のんきに頬張ってはいけないような気がした。

おじさんの乗る列車がホームに着いたとき、私たちは誰に教わったわけでもないのに素早く立ち上がり、お手本のような四十五度のおじぎをした。わずか十数分のあいだで自然と舎弟の振る舞いになっていた。

するとおじさんは気を良くしたのか、別れ際「これやるよ、餞別だ」と言って、ずっと片手に持っていたエメラルドグリーンのものを夫に手渡した。私たちは「ありがとうございます！」と声をそろえ、再びキリッと一礼した。やはり舎弟の素質がある。

列車が目の前から去っていくのを見届けてから、雑に丸められた「餞別」を広げてみた。それは首元や袖口の伸びきったスウェットの上下だった。ついさっきまで塀の中で着ていたのか、酸っぱい汗の臭いがした。

私は「すごい記念品もらっちゃったね」と笑ったが、夫は「こんなきったねえもん持ち帰れるかよ」と指先で摘み、つかつかと歩き出した。そうして南の海のように鮮やかなグリーンは、北の大地のステンレス製のごみ箱にするんと吸い込まれた。

窓の外は雪が降っている。路面もすっかり覆われている。ごみ箱の中を覗くと、そんな真っ白な世界に抵抗するかのように、おじさんの分身が異彩を放っていた。

果たして飛行機を降りたおじさんを迎えてくれる仲間は本当にいるのだろうか。

「ひとりぼっちだったら悲しいね」と夫に言うと、「世の中そういうもんだよ」と手厳しかった。

色彩の乏しかったあの日の北の街を思うとき、前歯のないおじさんや場違いなほどまばゆいエメラルドグリーンが一緒になって前面に出てくる。それらがあまりにも強烈だったから「かにめし」の味を思い出すことができない。


次に網走を訪れたのも、また寒さ厳しい冬の真ん中だった。

新年を迎えた温泉宿の玄関先には縁起物の桃色の繭玉がいくつも垂れ下がり、雪原の中、そこだけ人工的な色が際立っていた。

私たちは三十代半ばになっていた。この結婚生活がうまくいっているのか、いっていないのかわからなかった。夫婦仲はぜんぜん悪くない。刑務所帰りのおじさんに「餞別」をもらった日と何ら変わらず日常が続いていた。それで充分なはずなのに、双方の親が決まって口にするのは「不妊治療を受けなさい」だった。思いつめた親の顔を見るたびに、自分たちの「不完全さ」と向き合うことになった。

これが私たちの完成形だ。子供は望んでいない。あきらめたのじゃなく、このままでいい。

けれども、親を目の前にすると何も言えなかった。この温泉旅行を終えたら私の実家に寄ることになっている。もうこの問題はおしまいにしたい。

そんな重苦しい気持ちのまま訪れたのが博物館網走監獄だった。

レンガ造りの正門の頂には、綿帽子のように雪が積もっていた。

門をくぐると、明治、大正期の歴史的建造物が並んでいる。四人が収容されていた建物は、中央に見張所があり、そこから放射状に五棟の舎房が広がっていた。上空写真からは、五本の光線がまっすぐ伸びているように見える。日陰の世界なのに、皮肉にもその形状は太陽みたいだ。

雑居房や独居房の連なる、凍てつく長い廊下を歩いた。すきま風に足元から体温を奪われる。鉄格子の奥の窓には氷がへばり付いていた。

錆付いた錠のかかった独居房に、薄手の四人服を着た男の人形が、うつろな目で正座していた。

これは私だ。これから親に問い質される私だ。

とっさにそう思った。親や世間と対峙する自分と重なった。私は誰に頼まれたわけでもないのに、自ら檻に入ってしまったのだ。

もう自分を縛り付けるのはやめよう。

かつてのエメラルドグリーンの上下を捨てたように、自分の卑屈な気持ちを檻の中に放り込み、その場を後にした。


この夏、数年ぶりに夫とその地を再訪した。ふたりが愛読する漫画に、その監獄が出てくるという単純な理由で、はるばる足を運んだのだった。

八月の監獄は手入れの行き届いた花々に囲まれていた。真冬とは打って変わって別世界だった。厚い氷に覆われていた池には蓮がみっしりと葉を広げ、可憐な花がすっと天を向いていた。

舎房に足を踏み入れた。高い天窓から光がさんさんと射し込んでいる。棟の突きあたりの扉が開け放たれ、生暖かい風が通路に吹き込んでくる。囚人と自身を重ねたのは妄想だったんじゃないかと思えるくらい、穏やかな気持ちで歩いていた。

きちんと決別できたのだ。人からどのように見られても、私たちはこのままでいいと思えるようになったのだ。歩く方向が定まると、世界の見え方も変わった。

雪原はひまわり畑になっていた。のどかな畑の先に小さな鳥居があった。お賽銭を滑り込ませ「原稿を書けますように、夫婦関係がこのまま続きますように」と私の頭の中を占める大きなふたつの願いを何度も唱えた。これからもずっと、そればかりだ。

母を知る旅

二〇一二年十一月末、母とふたりで紅葉の季節を迎えた京都へ三泊四日の旅に出た。母は二十年余り勤めた会社を定年退職したばかりだった。はじめはパートの事務員だったけれど、仕事の覚えが早いことを上司に見込まれ、数年がかりで専門的な資格を取得。その後は正社員として土地取引などの基幹業務を手際よくこなしていた。

そんな長年の勤めを労うべく、母を京都旅行に誘った。

私は三十代になってから神社や仏閣めぐりに目覚め、中でも京都には桜と紅葉の季節に何度かひとりで訪れている。

「秋の京都、秋の京都って言うけど、そんなにいいものなのかね。うちの庭の木じゃ駄目なのかね」

「駄目だね」

「そうですか」

我が家の庭と対等だと思い込んでいる母に世界を広げてもらう旅でもある。すでに定年となり、暇を持て余している父も同行したがっていたけれど、「お父さんがいると旅がつまらなくなる」という母の意見を尊重し、留守番を頼んだ。今回は母のための旅だから。

父は家を出た途端に帰る日のことを心配し始めるし、旅先でしか食べられない地域の食を一切楽しもうとしない。全国チェーンの居酒屋やファミレスに直行する。すぐ食べ終えて、一刻も早く宿に戻りたがる。ぶらぶらと街に繰り出さない父のスタイルを、私たちは「合宿中の強化選手」と呼んでいた。

「お父さんには冒険心がない」が口癖の母だったが、彼女の「冒険心」もそれなりに厄介だった。

この旅で母が一番楽しみにしていたのは嵐山だった。

嵐山駅を出ると、目の前に広がる山々は紅葉が見頃を迎えていた。赤、橙、黄、黄緑。針山に刺した無数の待ち針のように木々が色づいている。その山に向かって、すっと伸びる渡月橋。風情ある木造の欄干にもたれて眼下を眺めると、船頭が棒を繰る屋形船が何艘《なんそう》も往来していた。

「いい景色だねえ」と、うっとりする母の両手に大きなレジ袋がぶら下がっていた。気持ちが昂ぶっていたのだろうか。嵐山に着くなり、「テニスサークルの友達に買わなきゃ」と道端で売られている柚子を大量に買ったのだ。

これから竹林を歩くと教えたはずなのに、なぜ、いま、柚子を。

私たちは観光地に不似合いな袋を抱えながら長い橋を渡った。その姿は対岸へ行商に向かう母子だった。


二日目は、のどかな鴨川の流れを眺めつつ、叡山電鉄出町柳駅から電車に乗った。目指すは、その時期に色鮮やかな景色が広がる貴船神社だ。

車内にはリュックサックに登山靴スタイルの中高年が大勢乗り合わせていた。ハイキングのツアー客らしい。

私と母は吊り革に摑まり、民家がまばらになった窓の外に目をやる。畑が広がっている。深紅に染まった線路脇の木々が目の前をすり抜けてゆく。通過した駅のホームに銀杏の葉がこんもりと積もっていた。

「目にやさしい景色ばかり続くわあ」と母が言った。

大自然の中で暮らす我々が言うのもおかしいけれど。

貴船口駅で降りると、そこはひんやりとした山の気温だった。

「星の世界にいるみたい」

母が足元を指さした。小ぢんまりとしたホームに小雨が舞い、真っ赤なカエデの葉が張り付いていた。確かに星がちりばめられているよう。旅は母を詩的な人間に変えた。

駅からバスに乗り換え、貴船神社に向かった。

「ここは水の神様を祀る神社なんだって」と教えたら、母は「じゃあお願い事しなきゃ」と何やら先を急いだ。大きな鳥居をくぐり、私を置いて赤い灯籠が連なる長い石段を軽快に上り始めた。

境内では「水占みくじ」に人が集まっていた。御神水に紙を浸すと文字が浮き出てくるおみくじだという。縁結びの神社としても有名らしく、若い男女が肩を寄せ合い、浮かんだ文字を見つめていた。

母はその人だかりに目もくれず、本宮の前で「頻尿が治りますように」と手を合わせた。旅行中も立ち寄った先で必ずトイレを探していた。水の神様だから何とかしてくれると思ったのだろうが、逆に勢いよく出てきそうな気がする。

次第に雨粒が大きくなってきた。このままではますます母の頻尿が加速してしまう。そう思い、近くの甘味処に入った。栗の入ったぜんざいが冷えた身体にほどよく沁みた。

母とふたりで遠出するのはこれが二度目だ。前回の行き先は私の夫の実家だった。子供ができないことを義父母に謝罪したいと母が言い出したのだ。

いま思い返すと、むちゃくちゃだ。そんなことしなくていい。でも、そのときは母も、そして伝染するように私も、思いつめていたのだと思う。

列車を乗り継ぎ、泊まりがけで出掛けた。それを旅と呼ぶには、あまりに悲しいものだった。私はその日のことが心のどこかでずっと引っ掛かっていて、いっそ楽しい記憶で塗り替えてしまいたくて、いま母と旅に出ているのかもしれない。

こうして三泊も寝食を共にすると、これまで気付かなかった一面も見えてくる。

ホテルの浴衣に袖を通した母は「これ子供用なのに引き摺っちゃう」と悲しげな声を上げた。おばけみたいに浴衣をずるずると引きながら歩いていた。もともと百四十五センチくらいの母が、さらに小さくなったような気がした。

頻尿だから駅に着くたびトイレに駆け込む。そのたびに「10 ccしか出なかった」とか「50ccだった」などと要らぬ情報まで耳打ちしてくる。

どうやら顔ハメ看板が好きらしい。「撮るよー」とレンズを向けると、仏様の看板では穏やかに微笑み、鬼のときはカッと目を見開くといった小芝居まで見せた。

そして、やたらと寺の鐘をつきたがる。何度も鳴らしては喜んでいた。

こんな子供みたいにはしゃぐ母を見るのは初めてだった。


関西国際空港へ向かう帰りのリムジンバスの中で母に訊いた。

「京都で一番どこがよかった？」

「京都タワーがよかったねえ」

意外な答えだった。確かに展望台から眺める夜景はとても美しかったけれど。

すると続けて言ったのだ。

「京都タワーのね、変な鏡がおもしろかったね」

おい、と思わず声が出た。

母の第一位は、秋深まる古都の絶景よりも、京都タワーの中にある「とってもおもしろいマジックミラー」と書かれた一角だった。何のことはない胴長短足に映るミラーなのだが、なぜか母はこれをいたく気に入り、なかなかその場を離れなかったのだ。

「カブの入った炊き込みご飯も美味しかったね。あんな上品な食べ物、うちの近所にはないね。お父さんと一緒だったら焼き鳥くらいしか食べさせてもらえないからね」

マジックミラーだけでは申し訳ないと思ったのか、慌てて「風情」を付け足してきた。

またいつかどこかに連れて行こう。今度は父も一緒に。

「お母さん行ってみたい場所ある?」

「北アメリカ。ナイアガラの滝を見たいんだよね」

いきなりの海外。遠慮を知らない。その前にあのミラーを実家に取り付けようか。

私の藻岩山

山奥の集落に暮らす私にとって、札幌は一番身近な「都会」だった。

小学生のころ家族で札幌郊外にある円山動物園に出かけた日の写真がある。おそらく母が揃えたのだろう。私はぴりっと糊の利いた白いワイシャツに真っ赤な蝶ネクタイ、そしてサスペンダー付きの緑色の半ズボンを穿かされ、象の前で困った顔をして立っている。

衣装と周りからの期待にテンションが追いつかないサーカスの新人団員みたいだ。動物園なのに、背景に動物が一切いない謎の大木の下で撮った家族写真もある。誰かにカメラを手渡して撮影してもらったのだろう。集合した私たちは妙に背筋が伸びている。表情は硬く、そろって正装なので、親族の結婚式帰りにしか見えない。

札幌はそれくらい気合を入れて行かなければいけない街だった。

数年前、持病の手術をすることになり、札幌市内の病院に三週間ほど入院した。真冬だった。中心部の大通公園には雪が山のように積み上げられ、雪まつりを迎える準備が進んでいた。

病棟のエレベーターの前に大きな窓があった。夕食を終え、消灯までの時間によく、その窓から夜景を眺めていた。

雪に覆われた信号機。車道に積もった雪山を除けながら走るタクシー。まだ人影が慌しく動いているオフィスビル。そんな夜景の一番向こうに藻岩《もいわ》山スキー場が見えた。何本もの橙色のライトに照らされた滑走コースが、遠目からは白磁器のように艶めいていた。その滑らかな斜面を眺めているあいだは、数日後、首にメスが入ることを忘れられるのだった。

その見晴らしのよい大きな窓は私だけのものではなかった。

ある日、先客がいた。男は歩行器、女は松葉杖。この病棟でどういう経緯で恋仲になったのか、それともカップルで交通事故にでも遭ったのか。寝巻き姿の中年男女が肩を寄せ合いながら、「私の山」を見つめている。

嫌だ。私は彼らを背に、反対側の窓にへばり付いた。こちらは住宅街が広がっていた。学校の校舎には、まだぽつりぽつりと明かりのともる教室がある。担任が壁の掲示物を貼り替えたり、明日の授業の準備をしたりしているのかもしれない。教員時代を思い出し「遅くまで無理しないでください」と願う。入院患者に言われたくないだろうけれど。

背後では松葉杖の女が歩行器の男の肩に、しなだれていた。

術後の数日はベッドの上で吐いたり、うめいたりしながら過ごした。

首には妙に立派なエメラルドグリーンのコルセットが装着されていた。お見舞いに来た母は「首だけヒーローみたいになっちゃったね」と笑った。「変身」の掛け声に、そこだけが反応したのだろうか。

猛烈な吐き気により食事を満足に摂ることができず、「横になりながらでも食べられるように」と枕のそばに栄養士さんの握った小さなおにぎりと胡瓜の漬け物が置かれた。

「地蔵のお供えじゃねえか」

夫は笑いを嚙み殺しながら、身動きできない私に言った。みな言いたい放題だ。

ようやく起き上がれるようになった夜、母にも教えてあげようと思い「夜景が綺麗に見える場所があるんだよ」と車椅子を押してもらった。

ところが、また奴らだ。あの寝巻きの中年カップルに占領されている。手をつないでいる。私がサックリと首を切られて寝込んでいるあいだに、彼らのお気に入りの場所になっていたようだ。

「普段はね、ここから眺めてたんだよ」

小声でそう言うと、母は「どれどれ」と言いながら車椅子を男の歩行器に横付けした。そうして少しずつ窓辺の中央部ににじり寄り、夜景を我がものにしたのだった。

藻岩山スキー場は変わらず、きらめいていた。

「お母さん若いころあの山でスキーをして足の骨にヒビ入ったんだよねえ」

初めて聞く話だ。母は続けて言う。

「札幌の伯母さんもあの山で滑って木に衝突して足の骨折ったんだよねえ。あの山、何かあるね。不吉な山だよ」

「私の山」に縁起でもないことを言わないでほしい。

二〇一八年の秋、思わぬ形でその山と再会を果たす。

札幌で文庫版『夫のちんぽが入らない』の書店訪問をすることになったのだ。

すすきのから担当編集の髙石さんとタクシーに乗り、郊外の大型書店に到着した。豊平川に架かるミュンヘン大橋のすぐ奥に広がっていたのは紅葉を迎えた藻岩山だった。山裾まで美しく色づいていた。

札幌は、もう雪虫が舞っているという。それは白い綿毛のような体をしたアブラムシの一種で、ふわふわと風に乗る姿が儚い雪を思わせる。雪虫は初雪の前触れといわれている。もうすぐ雪で覆われるのだなあと感慨深い思いで山並みを眺めた。

その数分後の出来事だ。店内で自分の新刊が並んでいるのを発見した私は、いつものように記録しようと鞄に手を伸ばし、ようやく気付いた。

カメラがない！

タクシーの後部座席にうっかり置き忘れてしまったのだ。

一眼レフのデジタルカメラだった。その本体よりも、写真データに思いが至った。他人に見られてまずい写真はなかったか。ものすごい勢いで記憶を呼び戻す。

変なもの撮ってないよな。ホテルのメモ帳に練習したサイン、髙石さんと昨晩食べたジンギスカン、すすきのの雑踏で見かけたバニーガール、札幌のネット大喜利仲間と食べたびっくりドンキーの抹茶パフェ……。

いや、あった。夏の終わりに帰省したときの写真が。

風呂上がりに着替えがなかったので、下着の上からその辺にあった法被を羽織り、居間のソファでくつろいでいたところ、妹にカメラを向けられたのだ。

「姉さん、踊ってみ」

私は言われるがまま、パンツに法被という姿で、天に手のひらをかざすようなポーズを取った。

あれは駄目だ。絶対に駄目。

応接室に通されるころにはすっかり青ざめ、書店の方が笑顔で話しかけてくださっているというのに内容が耳に入ってこない。視点も定まらず、宙をうろうろするばかり。時間を割いていただいているのに、なんて失礼な態度なんだ。ちゃんとしなきゃ。

そう焦るが、言葉が出てこない。

異変に気付いた髙石さんが急に社交性を発揮し、会話をつないだ。

「あれはなんていう山ですか？」

不意に母の放った一言が頭をよぎった。

「不吉な山」

予言だったのだろうか。私はさらに顔がこわばっていった。

終始しどろもどろのまま書店をあとにしてしまったが、その後、高石さんとタクシー運転手さんの見事な連携により、無事カメラが手元に戻ってきた。私はあの画像をそっと消した。

不吉な山など、ない。

郵便はがき

お手数ですが
切手を
お貼りください

160-8571

東京都新宿区愛住町 22
第3山田ビル 4F

(株)太田出版
読者はがき係 行

お買い上げになった本のタイトル：

お名前　　性別　男・女　　年齢　　歳

ご住所　〒

お電話

e-mail

ご職業
1. 会社員　2. マスコミ関係者
3. 学生　4. 自営業
5. アルバイト　6. 公務員
7. 無職　8. その他(　　　)

記入していただいた個人情報は、アンケート収集ほか、太田出版からお客様宛ての情報発信に使わせていただきます。

太田出版からの情報を希望されない方は以下にチェックを入れてください。

□ 太田出版からの情報を希望しない。

本書をお買い求めの書店

本書をお買い求めになったきっかけ

本書をお読みになってのご意見・ご感想をご記入ください。

＊ご投稿いただいた感想は、宣伝・広告の目的で使用させていただくことがございます。あらかじめご了承ください。
＊太田出版公式HP（http://www.ohtabooks.com/）でもご意見を募集しております。

寄る辺のない旅

初めて海外を旅したのは一九九九年の新年だった。

「何度も行けるものじゃないんだから新婚旅行くらい奮発しなさい」

「こういうときしか堂々と休めないよ」

そんな同僚の声に背中を押されてパスポートを取得した。


勤務先の小学校は冬休み。休暇申請さえすれば後ろめたい思いなどをしなくてよいはずだが、その学校では毎年冬に大掛かりなPTA作業が入っていた。校庭一面にスケートリンクの土台を作り、毎晩水を撒くのである。寒い、きつい、夜遅い。保護者と教職員による数人の当番制だ。

星も天に張り付くような極寒の夜、均等な氷の厚さになるように、機械とホースを使って丁寧に水を撒く。そうして約一時間、リンク脇のストーブ小屋で氷が張るのをひたすら待つ。誰かが忍ばせてきたイカやタラの干物をアルミホイルの上でちりちりに炙り、いつの間にか、みなの手には缶ビール。二回目の水撒きは酒の力を借りて身体を温める。帰宅するのは深夜だ。

女性職員は作業には参加せず、おでんや豚汁を差し入れるのが慣習だった。私は変なところで負けず嫌いだったから「お料理を作ってにこにこ立ってるだけなんて嫌だ。おでんも作るし、重たいホースも持たせろや」と憤っていた。自分で自分の仕事を増やして二倍疲れるのだった。

水撒きの過酷さもあるけれど、こういう場面で生じる「やっぱり男の先生は頼りになるなあ」という保護者の言葉に少なからず悔しさを抱いていた。男女関係なく自分にできることは何でもやりたい。声に出さない「私も、私も、私も」が強くなり、気持ちが疲れていた。

そこへ降ってわいた「作業免除」。ならば、できるだけ遠くまで行こう。意地を張っていたのが馬鹿らしくなるくらい、あっさりと決めた。

それがロンドン、パリ、ローマ七泊八日のツアーを選んだ理由だった。

成田空港は西暦一〇〇〇年代の最後とミレニアムイヤーの幕開けに向かう「終わりと始まり」に華やいでいた。私と夫も大きなトランクケースを引いて、そんな旅行客の一組になった。

ツアーの参加者は高齢夫婦がほとんどで、若者は数組だった。困った。飛行機やバス、食事の席で初対面の人たちと何を話せばよいかわからない。地理にも歴史にもグルメにも疎い。会話に詰まった私は、我が家の惨状を語り始めた。

「壁が崩れて外と同じ気温なんです。玄関の靴の中に雪が積もってるんですよ。水道も凍っちゃうんで鍋に雪を突っ込んで沸かすんです。夏はネズミが天井裏をめちゃくちゃ走ります。家賃が八千円なんですよ。山にはその家しか空いてなくて。わはは」

誰も笑ってなかった。

あとから知ったのだが、そのツアーに参加していたのは都会の裕福な人ばかりだったらしい。結婚祝いを握り締め「一生に一度のヨーロッパ旅行を」と参上した垢抜けない夫婦とは住む世界が違ったようだ。

「場違いなツアーに紛れ込んじゃったみたい」

「別にいいんじゃないの。一緒に行動しなきゃいいだけなんだから」

夫は暢気《のんき》に答えた。むしろ、この状況を面白がっていた。

ロンドンでは自由行動が半日あった。同い年の女の子に「ここでしか買えないバッグがあるんだよ」とブランドショップに誘われても、「ワインの美味しい店に行くんだけど一緒にどう?」と大きな指輪をはめたマダムに手を引かれても、すべて断った。じゃあ私たちはいったいどこへ行きたいんだろう。

異国に居ながら何も思い浮かばない。物欲や食欲のある人たちは幸せなのかもしれない。自分のしたいことにまっすぐ向かって行けるから。大理石の洗面台で顔を洗いながら「こんなことでいいのか」と情けなくなった。

ホテルのフロントでもらった地図を開いてみると、少し歩いたところに「ホランド・パーク」という大きな公園があった。

「ここの芝生で半日寝て過ごすか」と夫が言う。

「それもいいね」と支度をした。

裏通りの小さなパン屋でチェリーの乗ったパイと細長くて硬いパンを買った。ただそれだけで街に溶け込めたような気になった。

日が射している。コートを羽織れば十分暖かい。この気温ならホースで水を撒いても凍らないだろう。早くも片田舎の頬を刺す風が恋しくなっていた。

どうやら私たちはホランド・パークを舐めていた。見渡せるような規模の公園ではない。木々が深く生い茂り、森を歩いているようだ。

不意に背後の草むらが音を立てて揺れた。野犬だろうか。私たちは身構えた。目を凝らすと、草むらの上を数匹の青い蝶のようなものが上下している。まるで草を掻き分けるようにこちらへ向かってくる。まさか未知の生き物か。

姿を現した瞬間に捕まえよう。夫は前のめりになり、私はカメラを構えた。

ひょこっと顔を出したのは鮮やかな色艶のクジャクだった。ポカリスエットの青さだ。ゆらゆら揺れていたのは頭の飾り羽だった。人なれしているのか、逃げる素振りはない。

私たちが歩くと、クジャクも長い尾を引き摺りながらあとを付いてきた。いきなり高貴な子分を得た。

「そうだ、さっきのパン」

ちぎって投げると、勢いよく飛びついた。楽しくなって、「ヘンゼルとグレーテル」のように小道にパンくずをこぼしながら歩いた。

二羽、三羽、四羽。振り返ると、どこに潜んでいたのかクジャクが増えていた。パンをめぐって喧嘩も勃発している。地元の子供たちが指をさして笑う。私たちはクジャクを連れ回す日本人になっていた。

その公園にはリスもいた。お腹の白い、ずんぐりとした茶色いリス。彼らもまた人間に擦り寄ってくる。私たちは売店でピーナッツを買い、リスの小さな手に渡した。するとあっという間にリスに囲まれた。その傍らには先ほどのクジャクもいる。

私たちは飽きることなく半日そこで過ごした。

「街に繰り出さなかったけど楽しかったね」と言い合いながら宿に戻った。

知らない街をあてもなく歩くことの面白さに気付いた私たちは、パリの自由時間も同じように過ごした。すくっと伸びるエッフェル塔を目印に「あの辺まで行ってみようか」と外に出た。

午前八時を過ぎているのに薄暗い。まだ日の出前だった。エッフェル塔の真下のベンチに座り、パンをちぎってハトやスズメに囲まれているうちに街は白い光に包まれた。

前夜はフランス料理のフルコースだった。ツアーに組み込まれていたもので、「正装で出席すること」という注意書きの時点で私は怖気付いていた。エスカルゴや難しそうな名前の料理がテーブルに並んだ。おかしなことをしないように。裕福な人たちにマナーを笑われませんように。そんなつまらないことを考えてしまったせいで本場の味は記憶にない。

「きょうは軽いものを食べたいね」

そう言いながら路地を歩いていると、風にはためく青いのれんが目に入った。この感じ、懐かしい。歩み寄ると白い文字で「札幌ラーメン」と書いてあった。迷わず入った。

店主は留守らしい。店を任されていたバイト風の黒人青年が「いらっしゃい」と迎えてくれた。カウンターに座る。青年は目の前でチャーシューを不器用そうにゆっくり切っていた。一枚切っては、つまんで食べる。また一枚切って、つまむ。

凝視する私と目が合った瞬間、彼はいたずらっぽく健康的な歯を見せて笑った。

働くって本当はこれくらい肩の力を抜いていいのかもしれない。

あれもこれもぬかりなく。そんな器用な人間ではないのに、目の前の仕事を全部きちんとやらなければ気が済まなくなっていた。どんなに頑張っても足りない。同期の男性教師と比べては落ち込んでいた。

答えをもらうために、この青いのれんの店に導かれたのではないか。そう思い込んでしまうくらい、自分の心にぴったりとはまった。麺は少し伸びていたけれど。

バッキンガム宮殿のパレード、ルーヴル美術館、サン・ピエトロ大聖堂のステンドグラス、火山噴火によって埋もれたポンペイ遺跡。たくさんの歴史や芸術に触れたはずなのに。

「ヨーロッパ旅行どうだった？」と訊かれた私は「リスに餌あげたり、札幌ラーメンを食べたりしたよ」と身も蓋もないような答えで周囲を呆れさせた。でも、それは本当なのだ。

事件は風呂場で起きる

年末になると夫婦で決まって出かける場所がある。

雪深い山奥にある温泉宿だ。夕食に蟹が出るのだ。夫は「来週は蟹だ」と自分に言い聞かせて仕事の追い込みをかけ、私は「気分よく蟹と向き合うために」と大掃除をこなしていく。年の瀬のくたびれかけた我々にとって「蟹」という漢字一文字がどれだけ力を与えてくれたかわからない。


雪に覆われた国道を夫が慎重に運転する。人里離れたその集落には数軒の宿が並んでいる。途中のコンビニで缶ビールやつまみを買うのも忘れない。私は甘いノンアルコール缶を買った。

宿の玄関には大きな門松が飾られていた。小雪が横風にあおられ、舞っている。氷点下十度。近くを流れる川面には霧が立ち込め、その縁を囲む木々は枝先まで骨のように白く凍っている。見事な樹氷だった。

夕暮れのかよわい光を浴びて輝く木立に見入っていると、空気が細かな針となって皮膚を刺してくる。「寒い」を超えて、ただ「痛い」。北国の冬がつらいのは言うまでもないけれど、いちばん美しいのもまたこの季節だと思う。

この宿は五月の連休や年末年始も混み合わない。なぜだかあまり人気がないのだ。温泉があって蟹も食べられるのに繁盛させようという欲が希薄なところも気に入っている。

「今年も一年よくがんばりましたね」と言い合い、毛蟹の身を専用フォークで掻き出す。

夫はパニック障害を抱えながら働いている。最近は医師と相談の上で減薬し、職場ではほとんど発作を起こしていないらしい。外出先ではまだ注意が必要で、混み合う場所や圧迫感のある壁際の席に座るとたちまち呼吸が荒くなる。

そのたびに、どちらともなく半笑いで「生きてくの、大変だなあ」と言う。

それは決して諦めではなく、自虐のようなものだ。夫の精神疾患も私の自己免疫の持病も完全に治ることはないだろうけれど、落ち込んでいても仕方ない。お互いの病と気長に付き合っていくしかないのだ。

変になっているわりにはがんばったよなあ。

自分自身を労りながら毛蟹の爪の先までフォークをねじ込み、テーブルの上を散らかしながら黙々と解体していった。

「男湯と女湯、夜中に入れ替わるんだってよ」と夫が言った。

以前もそうだったか定かではない。たいてい朝食時間ぎりぎりまで寝ているので、朝は温泉に入る余裕がないのだ。いつも夜のうちにゆっくり浸かっている。

女湯には一組の親子しかいなかった。

私はかつてこの大浴場で派手に転び、太腿からふくらはぎにかけて拷問を受けたような大きな痣をつくった。タイルで足を滑らせ、尻餅をつく格好で浴槽の縁に脚を強打、そのまましぶきを上げて湯船に突っ込んだのだ。漫画みたいだった。赤紫色のタイツを穿かされたような痣は何ヶ月も消えなかった。その「現場」である。

そんなことをしみじみと思い返しながら露天風呂に入る。髪に落ちては溶ける雪の冷たさが心地よかった。

部屋に戻り、持ってきた文庫本を読む。夫は缶ビールを飲みながらお笑い番組を観ている。まるで家で過ごしているようにゆっくりと夜が更けていった。

翌朝すっきりと目覚めた私は、ひとり大浴場へ向かった。のれんをくぐる。スリッパが一足もない。温泉を独占できるなんて、ついている。浴衣を脱ぎ、チューブ式の洗顔フォームだけを持って大浴場の扉を開けた。洗い場には部屋に備え付けの使い捨てカミソリが放置されていた。ワキの処理でもしたのだろうか。刃をむき出しのままにするなんて危ないな。そう思いながらゴミ箱に捨てた。顔と身体を洗い、湯船に浸かった。朝の風呂も最高だ。

ガラスのドア越しに人の姿が見えた。湯船を独り占めできるのもおしまいである。目の悪い私には、ショートカットのおばさんに見えた。

だが、その人が浴衣を脱いでいくのをぼんやりと眺めているうちに違和感を覚えた。おなかがぽっこり出すぎではないか。そして、どう見てもあれはトランクスを穿いている。

まさか！　男性！

早く教えてあげなければいけない、ここは女湯ですよと。

私は湯船に首まで浸かり、できるだけ大きな声を上げた。

「すみませーん！　ここ入ってまーす！」

トイレの個室からの叫びみたいになった。

人間は大きな声を出そうとすると無意識のうちに両手を口のまわりに添えるらしい。少なくとも私はそうだった。ヤッホーの構えで、懸命に何度も呼びかけていた。

しかし、男性は一向に気付かない。それどころかトランクスを脱ぎ始めた。

これは本格的にまずい。

同時に昨晩の夫の言葉が頭を駆け巡った。

「男湯と女湯は夜中に入れ替わる」

私は昨晩と同じ大浴場に向かい、同じ湯船に入ってしまった。のれんの色や文字も確認しなかった。

「入れ替わってる！」

アニメの台詞みたいな声が出た。

よくよく考えたら、あの放置された使い捨てカミソリは最大のヒントだったのだ。

私は湯船から小走りで出た。そして、唯一の持ち物であるチューブ式の洗顔フォームで股間を隠し、ガラスのドアから顔だけを出して声を張った。

「すみませーん！　間違えてしまいましたー！」

男性はギョッと飛び上がり、タオルでさっと前を隠した。その奥にも浴衣姿の男性が数人いるのが目に入った。

私は気が動転していたので顔だけを出しているつもりだったが、そのドアはガラスなのだ。丸見えだ。恐ろしい光景だったろう。洗顔フォームで股間だけを隠す、ずぶ濡れの中年女が声を張り上げているのだ。どうでもいいけどチューブ式だ。


男性はすぐに浴衣を羽織り、脱衣所からいったん出てくださった。

なんてことだ、私はなんてことを。

ぶつぶつと己の愚かさを呪い、男性たちを待たせぬよう浴衣だけをさっとまとい、荷物を抱えて走り出た。

男湯と女湯のあいだのベンチに五十代くらいの男性四、五人が座っていた。

「申し訳ありませんでしたー」

謝罪しながら彼らの前を駆け抜ける。

「大丈夫だからねー」

みなさん声をそろえて励ましてくださった。

真の女湯で身体を拭き、下着を身に着けながらふと思った。

いや、何が大丈夫なんだ。

朝食を食べながら夫に打ち明けると「あんた、連行されてもおかしくないんだからな」と冷静に言われた。私は、ついうっかり何かをやらかして逮捕される種の人間なのだという。おおいに心当たりがあった。

そんなことを小声で言い合っていると、私の背後のテーブルから「さっき男湯でさ」と聞こえ、直後に笑いが起こった。

「おい、めちゃくちゃウケてるぞ」

夫は嬉しそうだった。私は振り返ることができなかった。

浅草寺と奇縁

年明けの浮き立つような余韻が続く一月初旬、対談と取材のため二泊三日で東京へ出かけた。夫には「友達の家に行く」と告げた。

こんな生活をいつまで続けるのだろう。家族に言えないことばかりじゃないか。そう良心の呵責を感じる自分と、いや、こうなったらとことんやっちまおう、「いけいけ突っ走れ」とぐるんぐるん腕を回す三塁コーチャーのような自分もまたいる。最終的には私の中の「彼」がいつも競り勝つ。それは二〇一九年になっても変わらない。

「こんな氷の世界で暮らしているのか」と機内から故郷の山並みをまじまじと見下ろしていたら、何の前触れもなく右下の親知らずに激痛が走った。

たちまち「親知らず」が「親、娘の愚行を知らず」に思えてきた。「小型の両親」が右下の奥歯を拳で殴っている。そんな画が浮かんだ。

すぐ治まるだろう。何かの間違いであってくれ。その祈りもむなしく、患部をじんじんさせたまま日の傾く羽田空港に到着した。

気合で乗り切るしかない。頭の中から歯痛を排除すべく、街並みに目を向ける。私は冬から春先にかけての東京がいちばん好きだ。

一月なのに雪がない。手袋を忘れても凍傷にならない。何度訪れてもその事実に驚いてしまう。生垣には思わず目を引く赤いサザンカの花。鈴なりに真っ赤な実をぶら下げるマンリョウの低木。民家の庭先に実るみかん。凍り付いたものばかり見てきたから、目が誤作動を起こしそうになる。

これが東京の真冬。ありえない。最高。

幾種もまざった植え込みの緑と土のにおいに、いちいち足を止めながら、大きな荷物を提げて定宿まで歩く。この日は特に、熱を帯びた頰に冷えた空気が心地よい。

しかし、私は歯痛をあなどっていた。深夜になっても腫れは一向に治まらなかった。対談先で痛み止めの薬をいただいたり、宿の隣のコンビニで買った冷却シートを貼ったりしたけれど、一時しのぎに過ぎない。

ベッドに入ると身体が温まる。自然と歯が痛くなる。眠れない。冷たい水をしばらく口に含んでいると、熱が引いて痛みが少しやわらぐ。ほっとして横になるのだが、再び突き上げるような痛み。「小型の両親」が昼夜を問わず張り切っている。父さん、母さん、もう二時です。いい加減寝てください。

旅先で歯が痛むとこんなに心細いものなのだ。近場の歯科医院に駆け込めば応急処置をしてもらえるのだろうか。

あれこれ思案していたら、ふと昔見た映画のワンシーンがよみがえった。無人島に漂着した男が虫歯の痛みにのたうち回り、島に流れ着いたスケート靴の刃や石を使って自力でその歯を抜くのだ。いま私はその男の気持ちが手に取るようにわかる。

人と話しているあいだは痛みをかなり忘れられた。初対面の人を目の前にすると、それどころじゃなくなるのだ。緊張は麻酔代わりになる。

不自然に頬を押さえながらも何とかすべての仕事を終えた。最終日は昼の飛行機まで、ぽっかりと時間があいた。誰とも約束が入っていない。

何をしたらいいんだろうという戸惑いと、何をしてもいいんだという解放感。下調べをしてこなかったことを悔やんだが、行き当たりばったりもいいじゃないかと気を取り直し、歩きながら考えを巡らす。

そうだ、浅草寺まで行ってみよう。

その日は、前日の陽気とは一転、風が冷たかった。しかし、歯には好都合。JR秋葉原駅のホームで冷気を思う存分吸い込んだ。もっと冷やしたい。どんどん吸う。次第に怪しい健康法みたいになっていった。

コートの襟を立て、「すうすう」と謎の音を発しながら電車を待っていると、灰色の空から雪が舞ってきた。みぞれになる手前の、水分を多く含んだ雪。隣に立つ制服の少女も、異国の男女も、スマホを空にかざして写真を撮っている。いい日に立ち会えた。そう思いながら、また吸う。例年よりも遅い東京の初雪だった。


浅草は夫と初めて遠出をした思い出の地だ。

二十二歳、就職一年目の夏休み。まだ結婚前だった。東京といえば浅草。そんな多くの外国人観光客と同じ発想で浅草寺へ向かったのだ。

私たちは浅草寺でおみくじを引いた。細長い箱を振り、その穴から出てくる棒の番号のおみくじをもらう「振りくじ」だ。このちょっとした手間が「自分への特別なメッセージ」に思えた。胸を躍らせながら箱を揺すり、おみくじを手にした私に戦慄が走った。

大凶だった。

教員としての人生が始まったばかり。結婚式の打ち合わせも控えている。大吉を引くよりも難しいはずだ。夫は「生の大凶初めて見た」と笑い転げた。当時から人の不幸や不測の事態が嬉しくて仕方のない人だった。そんな夫は大吉。世の中は不公平にできている。

仏様から重いものを手渡された気分になりながら向かった上野動物園で、早速その効力が表れた。私は動物に夢中になるあまり、両脚を五十ヶ所以上も蚊に刺されてしまったのだ。気が付いたときには手遅れだった。スカートから出ていた、ふくらはぎや足首が赤い斑点だらけになっていた。水玉模様のパンツを穿いているよう。

夢中になっていたのがパンダならまだわかる。だが、私が長時間眺めていたのはタヌキだった。故郷の野山に行けばいつでも会えるやつ。そして、その晩、熱を出した。

タヌキの何が面白かったのだろうか。二十二歳の自分に思いを馳せる。観光客であふれる雷門をくぐり、仲見世通りの店先に並ぶ着物やお面を眺めて歩く。

本堂で手を合わせ、おみくじの前で立ち止まった。

ここだ。覚えている。でも、きょうは引かない。いつか夫と再び訪れる日まで待とう。それまで大凶の記録保持者のままでいい。

気になって浅草寺のおみくじについて調べると、現在大凶は入ってないらしい。私は貴重な経験をしたのかもしれない。

頬をさすりながら「身代守」という木札を買い求めた。「あなたの代わりに厄を引き受けてくださいます」と書かれている。いまの私に最も必要な文言だ。

帰宅後、意外な事実が判明した。歯医者に診てもらうと「親知らずに異常はないし、虫歯もない」と帰されたのだ。通院先の担当医に相談すると「細菌がアゴの骨に侵入している」と耳慣れない病名を告げられた。

こんなの気合や御守りで治るはずがない。「菌を殺すお薬」をもらい、「死んでくれ」と願いながら服用する日々が始まった。

ブルーシートの息吹

春は荷造り。こんな書き出しに趣きも何もないけれど、我が家は数年おきに転勤があり、主に四月は山積みの段ボール箱とともに訪れる。

記憶に残っているのは十数年前の引っ越しだ。約六十キロ先にある海沿いの街へ移ることになったのだが、四月一日という最も混み合う日に引っ越し業者を押さえることができなかった。当時住んでいたアパートには、次の人がすぐ入るという。とにかく三月中に退去しなければいけない。

「こうなったら自分たちで運ぶしかないな」と夫に言われ、私も覚悟を決めた。

四ドアの冷蔵庫、洗濯機、三人掛けのソファ、大きな洋箪笥、食器棚、本や衣類などを詰め込んだ多数の段ボール箱。部屋の中を見回し「ズブの素人がどうやってこの量を」と途方に暮れた。

ここは年寄りの知恵を拝借しようと思い、母親に電話をすると「近所の人がトラックを貸してくれるってさ」とあっさり話がまとまった。

そうだった。私の田舎はペットの数よりも重機のほうが断然多いのだ。誰のものかわからないトラックやトラクターが野原で「放し飼い」にされている。

「でも、あんまり期待しないでよ。屋根のない吹きさらしのトラックだからね」

「いいよ、荷物を積めるだけで充分だよ」

「あと、まあこれは気分の問題だと思うけどね、そのトラック普段はうんこを運んでるんだよね、ちょっと臭うかもしれないね」

言葉を濁しながら、とんでもない告白をした。

「でも、人間のじゃないから安心して。牛のうんこだから大丈夫」

その必死さが怪しい。うんこはうんこだろ。

「ほら、畑とかに撒くやつよ。栄養の素。ちゃんと荷台にブルーシートを敷けば染みないから」

母が畳み掛けてくる。不穏な流れだ。

臭う。染みる。

通常の引っ越しには無縁であろう状況を思い浮かべて私は押し黙った。

しかし、残念ながら「牛糞号」一択なのだ。私たちには選択の余地がない。

あきらめて電話を切った。翌日、再び連絡があった。別のトラックが見つかったという。さすが重機放し飼いの地である。

「普段は魚を運んでるからちょっと生臭いみたい。どっちにする？　お母さんとしては牛のうんこのほうが大丈夫だと思うわ。乾いてるし」

なぜアクの強いトラックばかりなんだ。

母の「乾いてるし」に「なら、いいか」と引き摺られる形で了承し、牛糞号での引っ越しが決まった。


当日は夫の同僚数人が手伝いに来てくれた。アパートの駐車場で「向こうの職場でも頑張れよ」と花束を手渡され別れを惜しんでいると、その湿っぽい空気を散らすように前方から一台の白いトラックが向かってきた。

運転手は父、助手席には母が神妙な顔で座っている。2tトラックとは聞いていたけれど、それがどの程度の大きさなのか実物を目にするまでわからなかった。

意外と小さいな。その場の全員が不安になった。

「わはは、ずいぶん荷台が泥だらけじゃないか。ダイコンでも運んでいたのか」

同僚のひとりが豪快に笑った。

「うんこです」とは言えなかった。

母と私で荷台にブルーシートを敷いた。証拠を素早く隠した。これで私も共犯だ。やはり臭う。男性陣が慎重に家電や家具を運び上げる。父は座席と荷台を隔てる壁に冷蔵庫を立たせ、支柱にロープでぐるぐると巻いて固定した。

その姿はまるで罪人のようだった。箪笥も食器棚も次々とお縄になっていく。最後に段ボール箱を積み込むと、牛糞号は大変なボリュームになった。走行中に荷物が落ちないように上からブルーシートをふわっと被せ、荷台を包んだ。

いったい実家にはブルーシートが何枚あるのだろう。

その街では三回転居し、計八年もお世話になった。

最後に暮らしたそのアパートは大自然の真ん中にぽつんと建っていた。居間の大きな窓からスモモやコリンゴなどの木が見える。シジュウカラやヒヨドリなどの野鳥が群がり、ときには耳をピンと立てた尻尾の大きなリスが幹を機敏に駆け上がった。

教職を退き、家に引きこもりがちだった私はそれらをよく観察するために双眼鏡を買った。野鳥ハンドブックやヒマワリの種、ついにはホームセンターで木板を選び、餌台まで作り始めた。そして誰のものかわからぬ原っぱに角材を打ち込んで設置した。ブログを書いては双眼鏡で野鳥を眺める。典型的な老後の過ごし方だった。

何もないけれど、私にはそれでよかった。

牛糞号の後ろを追いかけるように運転しながら、そんな日々を懐かしんだ。


山道に差し掛かった。ここは吹雪の夜、タイヤがスリップして路外に滑り落ちた「現場」だ。たまたま携帯電話を持っていなかった私は、電話を借りるために数百メートル先のドライブインまで雪をかき分けて走った。

老夫婦が営むその店には客がひとりもいなかった。レッカー車が到着するまで、ストーブの前で指先を温めていると「ひとりで怖かったでしょう、寒かったでしょう」と、おばあさんが味噌ラーメンを出してくれた。誰もいなくてよかった。コートの袖で涙を拭いながら食べた。その土地で生活しなければ出会うことのなかった人たちだ。

大人になっても人との付き合い方がわからない。友達と呼べる人もいない。特に欲しいとは思わない。長年そんな自分はおかしいんじゃないかと気にしていたけれど、「よそ者」としての素質が備わっていると思えばどうだろう。そうして、少しでもかかわってくれた名前も知らぬ人のことを大事に思いながら次の街へ行く。私はそれでいいんじゃないか。

時おり強い風を受けてブルーシートが「ボハッ」と膨らんだ。まるで牛糞号に生命が宿ったかのように。その隙間から花柄の布団袋や礫にされて耐え忍ぶ冷蔵庫がちらっと顔を覗かせる。

何度目かの「ボハッ」のときに、とうとう荷台から布団袋が垂れ下がった。私は慌てて路肩に車を寄せ、助手席の母に電話した。牛糞号も間もなく停車。父と母が素早い身のこなしで降りて積み荷を整え、ブルーシートの端をピンと引っ張った。

その後も、「ボハッ」による急停車が計三回あったが、そのたびに両親は学習し、いっさい無駄な動きのない「牛糞号の業者」の顔になっていった。

驚くべきことに、新居には大勢の大人と子供が待ち構えていた。これから夫が勤める学校の教師と体格の良い野球部の部員たちだった。

こんな歓迎を受けるのは初めてだったので本来なら大喜びするのだが、何せ私たちは牛糞号一家。「汚れていてごめんなさいね」「ちょっと臭うよね」など、やたら卑下する奇妙な家族として映ったようだ。

新居の窓を開けると、遠くに海が見えた。

家の中が片付いたらハローワークに行ってみよう。そろそろ自分にできることをやろう。鼓動のように大きく膨らむブルーシートを目の前で見たせいだろうか。長らく停滞していた心が動き出すのがわかった。

意図せず虚無になった夕張の顔はめ看板

痔の手術をした父、旅先の口癖「尻を温存」

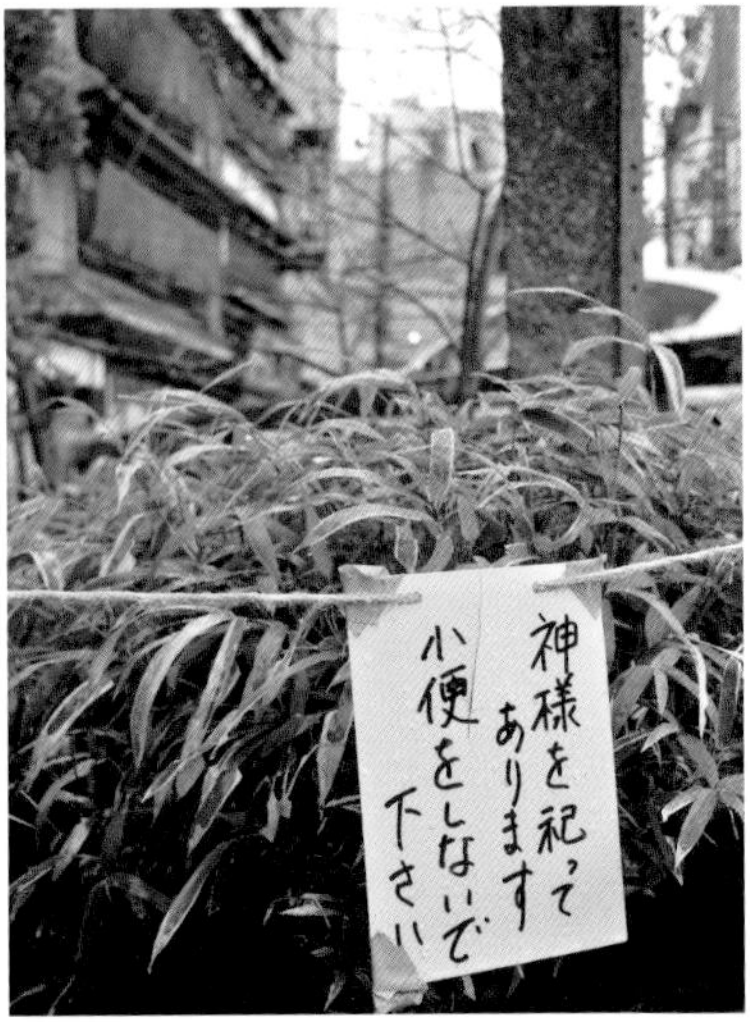

神様と小便が並ぶ力強い京都の警告

子供用の浴衣を引き摺る小太りな母

母と散策した秋田駅前、千秋公園の蓮

近所の子を「フン」と見下ろし、飼い主にだけ反応

建築美や季節の花々も見てほしい博物館網走監獄

上の階の子が描いた「僕の国」我が家の玄関直結

鴨に先導されるハンググライダーを見上げ上賀茂神社へ

ただ穏やかなホノルルの夜

最後に家族全員で出かけた地はハワイだ。

もう十年以上も前の話になる。

三姉妹の真ん中、長妹に「ハワイで身内だけの式を挙げようと思う」と打ち明けられたとき、祝福の言葉よりも、烈火の如く反対する両親の顔が浮かんだ。隣近所との付き合いや慣習を大事にする彼らがそんな掟破りのスタイルを許すだろうか。いや、そんなはずがない。

田舎のホテルの大ホールに両家の関係者全員を招待し、地元のわけのわからない名士から長い長い祝辞をもらう場面まで容易に思い描けた。

他でもない私たちの結婚式がそうだったからだ。

「知らない爺さんの挨拶なんて聞きたくない、呼びたくもない」

「親の顔を立てろ」

「私の式だ」

「結婚式っていうのはそういうもんだ」

「それなら結婚式やらない」

当時、私は両親とかなり揉めた。ドラマでもこんなやりとりを見たことあるなと思いながら。

娘を送り出すのは初めてだから、気合が入りすぎたのかもしれない。招待状のリストまで勝手に作っており、もはや「親のための式」としか思えない。遠くからやってくる夫の一家を私の地元の流儀に巻き込むのも抵抗があった。親の意見をこんなに正面から拒絶したのは、それが最初で最後だった。

このままでは話し合いも決裂かと思われたとき、ずっと横でおとなしく座っていた夫が「お父さんもお母さんもそれだけ楽しみにしているんだから、少し譲ってあげようよ」と仲裁に入り、最終的に見知らぬ爺さんの祝いの言葉を受け入れた。そして、両家の関係者と地域住民を大勢集めて「田舎の一大行事」が執り行われた。

宴もたけなわ、私の祖父がゴンドラに乗って登場。任侠映画の主題歌を高らかに歌い上げるという全く予定になかった歌謡ショーまで始まった。祖父が勝手に式場のスタッフに頼み込んだらしい。そんな奇妙な式でも、終わってみれば存外よいものだった。

遡ること七年前にそのような出来事があったので、当然両親は「馬鹿なこと言うんじゃない」と妹の案を一蹴すると思ったが、答えは実にあっさりしたものだった。

「あらハワイ、いいんじゃない」

月日は人をここまで変えるのだ。

ホテルや飛行機、そして式場となる教会は妹と婚約者がすべて手配してくれた。双方の家族は現地に向かうだけでよい。

「遊びに行くようなもんだな」と父が笑い、

「誰を招待するとかしないとか、煩わしいこと考えなくて済むのねえ。お姉ちゃんもこうすればよかったねえ」と母は心の声を漏らした。

彼らもまた内心では地域のしきたりを窮屈に感じていたのだ。

七年を要したとはいえ、頑固になりがちな世代が変われるってすごいじゃないの。

私は素直に感心した。

親は変わらないと思い込んでいた私の頭こそ「止まっていた」のだ。

こうして秋のハワイ三泊五日の旅が決まったが、ここで新たな問題が生じる。私の夫が「行きたくない」と頑なに拒んだのだ。仕事を休めないのかと思いきや、そうではなかった。

「俺に海は似合わない。そんな浮かれた島なんか絶対に行かない」

聞いたことのない「俺基準」のハワイの拒み方だった。想像を遥かに超えている。冗談かと思ったけれど、思いのほか決意は固かった。

私は妹にそのまま伝えた。

「あの青だか緑だかわからない海と椰子の木が嫌なんだって。なんか浮かれてるから」

「そっか、どこ行っても椰子の木だらけだもんね」

ハワイを冒瀆する人間を連れて行ってはいけない。夫の留守番が承諾された。

両親、妹ふたり、私の五人で成田からホノルルへ向かった。現地に降り立ち、生暖かな空気を肌で感じながら歩いていると、とつぜん母が警備員の連れていたビーグル犬に絡まれた。「イヤッ、犬イヤーッ」と逃げ惑う母をビーグルは執拗に追いかけた。それは国外からの果物の持ち込みを防ぐ探知犬だった。

むかし父が野良犬に襲われて何針も縫う大怪我をしたトラウマがあり、我が家は全員犬を恐れている。小さな犬にも「うわっ」と反射的に身を反らしてしまう。やつらはいざとなったら嚙む。思いっきし嚙む。その偏見を未だ取っ払えずにいる。

母は青ざめながらバッグの中から清見オレンジを二個差し出した。飛行機の中で食べようと思って持ってきたものだった。

私たちは近くの椅子に座らされ、その場で分け合って食べ切るように指示された。それがハワイで最初の「食事」となった。母はしょんぼりし、犬はご褒美のおやつをもらっていた。

空港からバスに乗り、ホテルのあるワイキキに向かった。強い日差しに目を細めていたら、あっという間に窓の外が薄暗くなり、雨粒が激しく地面を打ち付けた。スコールだった。けれど、それも束の間。「はい、気が済みました」という感じで雨雲が消え、海の上には大きな虹が架かる。わかりやすい人間のような空だった。

ホテルの窓を開けるとビーチが広がっていた。映像で何度も見たことのある「ハワイ」だった。夫を連れてきたら失神したであろう。大きな椰子の木が並んでいる。

私は当時、全身に痛みが広がる病気が発覚したばかりで、定期的に入院していた。出かける前は「飛行機に長時間乗っても大丈夫でしょうか」と、おそるおそる担当医に相談していたが、現地に着いてしまうとビキニでバナナボートにまたがり、水しぶきを上げて青い海の上をぶっ飛ばしていた。私はそういうところがある。

ハワイ二日目、朝食を食べたあと、家族五人でホテルの目の前の海へ出かけた。母は二十年前に買ったという水色の水着を着ていた。父に「寸胴だから子供のカバにしか見えない」とからかわれ、怒りをエネルギーに変えて浮き輪を五個連続で膨らませていた。砂の上に投げ出したその肉付きのよい短い脚は本当に動物の仔のようで、かわいらしかった。

私たちは、浮き輪にすっぽりと身体を入れてぷかぷか浮かんだ。波に任せて揺れるだけ。きらきら光る水面。高層ビルの奥には雄大なダイヤモンドヘッド。白い帆を張るヨット。南の海は、ひたすら平和だった。

北の薄暗くて冷たい海しか知らない五人にとって、海は昆布を拾う場所だ。もちろん泳ぐ人などいない。母は「この海って、うちんとこと繋がってるのよねぇ」と不思議がった。

クルーザーに乗って日の沈みゆく水平線を眺めたり、宇宙遊泳のような大きなヘルメットを被って海の底を歩いたりと、思う存分南の島を満喫できたけれど、なぜだか心に残っているのは、なんてことのない地味な家族との時間だ。

挙式前夜、私とふたりの妹は散歩に出かけ、その帰りに住宅街の一角にある小さな総菜屋で魚のフライやサラダを買い込んだ。立ち寄ったスーパーではマンゴー、ぶどう、そして一家の新たなトラウマになりそうなオレンジも購入。両手に買い物袋を抱えてホテルに戻った。

テラスにテーブルと椅子を並べ、妹の独身最後のごはんを家族で囲んだ。ビーチには灯りがともり、近くのカフェからギターの生演奏と歌声が聴こえる。

嫁ぐ妹を真ん中にしてオートタイマーで家族写真を撮った。父は何度やり直してもカメラが点滅しているあいだに戻ってくることができず、ひとりだけ輪郭のぼやけた「移動中の物体」としてフレームの隅に収まっていた。

祖母の桜

「おばあちゃんが死んじゃった」

朝、同居する祖母を起こしに行くと、布団の中で冷たくなっていたという。

母から電話でそう告げられたのは、私の入院当日だった。

一泊二日の入院を五回繰り返す。持病の痛みを取るために、そんなちょっとした筋トレみたいな透析治療を受けていたのだ。その日は最終回となる五回目で、入院の支度も手慣れたものだった。

「これから入院なんだけど、どうしよう」

人の死より優先されるものがあるだろうか。わかっているが、口をついて出た。

認知症を患い床に伏せていた九十代半ばの祖母のことを、私たち家族は「いつお迎えが来てもおかしくない」と覚悟していた。

とうとうその日が来ただけである。私は驚くよりも、すんなりと受け入れていた。

それは母も同じだったらしい。

「入院してきなさい。どうせきょうは葬儀の準備でバタバタするだけだから。時間は有意義に使ったほうがいい」

夏休み前の担任のような口調で指示した。

我が家は死に対して少々ドライだ。交通事故に自殺と数年のあいだで身内に予期せぬ不幸が続いたせいで、高齢者の自然死には感傷的にならない。「この歳までよく生きたなあ」と労い、送り出すだけだ。

そんなわけで私は祖母が亡くなった事実を受け止めながら入院することになった。いつものお泊まりバッグのほかに黒いワンピースと数珠を持ち、退院後まっすぐ葬儀場に向かうことにした。喪服を用意して入院するなんて、まるで病院で自分の死を予知しているかのようで奇妙だった。

いまごろ実家では親戚や近所の人たちが多数出入りしているのだろう。

そんなざわめきとは無縁な透析室の清潔なベッドで、両腕を伸ばし、透明なチューブに血液が流れるのを眺めていた。

右腕から吸い上げた血液を機械に通し、余分なものをろ過して左腕の血管に戻す。

自分の血液が腹の上のチューブで行き来するさまを見ていると「生きてるんだな」と実感する。同時にこのチューブを引きちぎって血まみれになりたい衝動に駆られる。

いったんそんな映像が浮かぶと、なかなか頭から離れない。やってしまいそうになる。だから、できるだけ祖母と過ごした日々を思い返すことにした。きょうはそういう日だ。私はひっそり偲ぶ時間を与えられたのだと、この入院に意味を見出した。

真っ先に思い浮かんだのは、小学六年の校内マラソン大会だ。

私は学年で三位になり、メダルを首から提げて意気揚々と帰宅した。当然「よくやった」と両親に褒められるものだと思っていたけれど、ふたりの口から出たのは「一位は誰だったの」だった。茶色いメダルでは喜んでもらえないのだとわかった。途端に無価値なものをぶら提げてはしゃぐ自分が愚かに思えてきて、そのまま祖母の部屋に向かった。

我が家は二世帯住宅で、母屋と祖母の部屋は廊下でひと続きになっている。玄関や台所は別々なので、何日も顔を合わせないこともよくあった。祖父は祖母より二十歳以上も年上だったので、私が物心つくころにはすでに他界していた。祖母はいつもひとりだった。そして私や妹たちのことを過剰なまでに褒めてくれる人だった。

報告する前から想像がついていたが、祖母は「すごい、本当にすごい。うちの家系にこんなに運動のできる子は他にいない」と大袈裟に称え、メダルを祖父の仏壇に飾ってくれた。

親に褒めてもらえなかった心の穴を埋めてもらいに来たのだと自分が一番よくわかっていたから、願いが叶っても気恥ずかしさが拭えなかった。

薄暗い仏壇にそっと置かれた銅メダルは、周囲の漆黒にしっくりとなじんでいた。金や銀では浮いていただろう。それを見て初めて「三位でよかったんだ」と思えた。

私の心がくすぶっていたのにはもうひとつ理由があった。「一緒に走ろう」と言われていた女の子とゴールテープぎりぎりまで並走していたが、その子が最後の最後に一瞬うかがうような目でこちらを見たので、「先にいいよ」と私が譲ったのだ。

同時ゴールは「仲良し」みたいで気持ちが悪いし、「走ろう」と誘ってくれたのは向こうだし、二位も三位も入賞には違いないから別にいいやと思った。また、そう振る舞うのがかっこいいと思ってしまった。

銀メダルをもらった女の子は、みんなの前で喜んでいた。隣の席の子にメダルを触らせてあげていた。そのときに一瞬、彼女がこちらを向いて「にっ」と作り笑いのような表情を見せたのだ。

あれは何だったんだろう。私が余計な気を回したりしたから「喜ぶ」ことを強制させてしまったのかもしれない。そんなことを学校帰りに考えて、少し気が重たくなっていたのだ。

だから、些細だけれども「三位でよかった」という理由が見つかってほっとした。

決して褒めない両親と、何があろうと絶賛する祖母。マラソンのメダルに限らず、親にしてもらえなかったことを祖母に補ってもらっていた。祖母は七十点のテストでも「よくやった」と喜んでくれた。

祖母には「褒める」のスイッチしかないとわかっていても、ずいぶん慰められた。祖母がいなかったら私はもっともっとひねくれた人間になっていただろう。

透析を終えて病棟に戻る。四人部屋には口数の少ないおばあさんと私のふたりだけ。特に言葉を交わすことなく、運ばれてきた夕食を淡々と口に運んだ。祖母が亡くなって最初の夜、最初の食事。私にはどれも特別なものに思えた。静かに死を悼むことができた。

翌朝、会計を済ますと車で実家に向かった。途中、銭湯に立ち寄った。白濁した上質な天然温泉だった。祖母が死んでいるのに何をやってるんだ、と気が急くけれど、祖母が死んでいるのにいい湯なのだ。こればかりはどうしようもない。

脱衣所で喪服に袖を通す。厚手の生地に熱がこもる。


気を取り直して故郷の集落に向かう。五月半ばの澄み切った空の下、見渡す限り畑と牧草地が続いている。なだらかな丘をトラクターが土煙を巻き上げ行き来している。

そんな景色を眺めながら車を走らせていると、遠くの開けた牧草地が、ぽつんと桃色に染まっていた。あれはなんだろう。目を奪われ、思わずスピードを上げた。

それは一本の大きな桜の樹だった。

地元の人間しか通らないような農道である。この桜にどれだけの人が気付いただろう。私は路肩に車を停め、柵の前まで歩いた。

その美しさに、これから葬儀だということも忘れ、しばし見惚れた。喪服で見る満開の桜。永遠の別れが近付いているなんて思えない、ただ気持ちが良いだけの風呂上がり。

葬儀がなければ通らなかった細道だから、祖母の桜と名付けた。

まだ誰にも教えていない。

熊の恋文

子供時代を振り返ると、我が家は少し変わった同居形態だった。両親と妹ふたり、父方の祖母のほか、父の妹にあたる叔母がひとつ屋根の下で暮らしていたのだ。

過疎地で単身者向けのアパートがないという地域性もあるが、我が家が無駄に広かったのも一因だ。実家はアル中の親族が設計したためなのか、床板が薄い、壁が剥がれ落ちるといった欠陥住宅だったが、一風変わった大家族になることを予期したような7LDKという部屋数の多さだった。

結婚早々に夫の親族とシェアハウスなんて、私だったら一週間も待たない。部屋に引きこもるだろう。けれど、母は誰に対してもはっきり物を言う人なので、叔母たちを相手にたったの一度も劣勢になることなく自分のペースで家を動かしていた。母の指示がすべて。司令塔である。私はその才能を一切受け継ぐことなく現在に至っている。

小学生の私は、同居する叔母の「まりこおばさん」を歳の離れた姉のように慕っていた。二十代前半のうら若き女性を「おばさん」と称することに抵抗があったけれど、「まりこさん」と呼ぶほど他人ではなかった。

オセロの相手をしてくれる。私の得意な鉄棒の連続回転や逆上がりを見て派手に驚いてくれる。だけど、私が妹を泣かせたら、母と同じくらい厳しく叱った。私の腕を引っ張り「反省しなさい」と外につまみ出される。そんなときは、しばらくダイコン畑を歩いて時間を潰したあと「ごめんなさい。反省しました」とドア越しに大きな声で謝ると、中に入れてもらえるのだった。

姉妹でもなく、母親でもない。同じ家に暮らす女の人。身近にいる一番好きな大人だった。

まりこおばさんは近所の会社で事務員をしていた。低血圧で、いつも青白い顔をしている。朝はひとりで起きられない。祖母に頼まれ、起こしに行くのが私の日課だったけれど、あまりにも気持ちよさそうに寝ているので、布団にもぐって一緒にうとうとしてしまうのだった。

枕や毛布には、まりこおばさんの使っている百合のような甘いシャンプーの香りが染み付いていた。登校するときに自分の髪の毛から同じ匂いがふわっと漂う。その瞬間がなんとも言えず幸せだった。

ひょろりと背が高く、細身のジーンズがよく似合う。中古で買った白い車を持っていて、たまに近隣の街まで乗せてくれる。両親は決して連れて行ってくれない喫茶店で「みんなには内緒だよ」と、こっそりチョコレートパフェを食べさせてくれたのもまりこおばさんだった。

私が未だに喫茶店に強い憧れを抱いたり、パフェに固執してしまったりするのは、そのせいかもしれない。大人の世界に足を踏み入れた子供のころの気持ちを思い出すのだ。

まりこおばさんは、ほがらかで友人が多い。週末になると部屋に年頃の男女が集まる。私は足音を忍ばせて階段を上がり、しばらくそこに腰掛けて賑やかな話し声に耳を傾けている時間が好きだった。

まりこおばさんとの別れは唐突だった。

ある日とつぜん来客があり、大人たちだけで神妙に話し合ったのち、私と妹たちが「ちょっとおいで」と居間に呼ばれた。

「まりこおばさんのフィアンセよ」

さっきまで裏の畑でダイコンを抜いていた母から放たれる、およそ不似合いな横文字に、どうしようもない恥ずかしさを覚えた。

そこには胸板の分厚いおじさんがいた。

太い眉毛に、ぎょろりとした大きな瞳。二の腕から指の先まで毛むくじゃらだった。口数は極端に少ない。誰かが口を開くたびに目玉だけが左右に動く。笹藪で身を潜める熊のようだった。

どうして若くて綺麗なまりこおばさんがこんな熊おじさんと結婚するんだろう。

驚きのあまり「こんにちは」の声も出なかった。

熊に騙されてるんじゃないか。

そんな私の心配をよそに、あっという間に結婚式の日取りが決まった。

まわりは祝福する人ばかり。結婚に異議を唱える者はひとりもいない。


まりこおばさんは新しく始まる生活のことで頭がいっぱいで、すっかり舞い上がっていた。あんなに寝坊だったのに、私が起こしに行くと布団がきちんと畳まれている。一緒に隣町へ出掛けると、シーツや枕カバーなんかを二組ずつ買う。「どっちの色がいいかな」とマグカップの色を私に訊く。それらが並ぶ家に私はいない。目の前にいるまりこおばさんが、すでに遠い人になっていることに気付いて寂しさが押し寄せた。


寒さも緩み始めた春先、まりこおばさんは東北の地方都市へ引っ越した。我が家からは一日がかりでようやく着くような海沿いの街だ。

私は荷物が運び出されて空っぽになった二階の部屋にひとり、大の字になって寝転んだ。お別れの言葉もちゃんと言えなかった。置いてけぼりにされたような虚しさに包まれた。カーペットに残る家具の痕跡を目で追っていると、部屋の隅に見慣れないクッキーの缶があった。

もしかしたら私への贈り物かもしれない。

息を吹き返したように飛び起き、獣のように素早く這って手に取った。どきどきしながらゆっくり蓋を開けると、そこには白い封筒が入っていた。手紙だ。最後に私との別れを惜しみながら書いてくれたのかもしれない。

胸を高鳴らせながら封を開いた。

「まりこへ」

一行目で頭を打ち砕かれた。熊からの恋文だった。

大人の男の人が好きな人に向けて真剣に書いた「生身の文章」を目にしたのは、このときが初めてである。「愛しています」「一生大事にします」と子供のようなたどたどしい文字で数枚にわたって書いてあった。

あの無口な熊が。こんな熱烈な求婚を。

話すのが苦手だから手紙にしたのかもしれない。

そう思ったら、ずっと憎らしかった熊に少しずつ親しみがわいてきた。

私とおんなじだ。

あれから月日は流れ、二〇一五年。私は彼らの一人娘の結婚式に招待された。披露宴を締め括る花嫁からの手紙が読み上げられると、熊はその大きな目玉から大粒の涙をこぼし、子供のように声を上げて泣いた。

まりこおばさんも、一人娘も、約束どおり大事にされていた。「こんな漫画みたいに泣く人が本当にいるのね」と同じテーブルの人たちが苦笑いしていたけれど、私には人目もはばからず無様に泣ける彼が羨ましくて仕方なかった。

双葉荘の同窓会

この夏、懐かしい人と再会した。かれこれ二十年振りだろうか。大学時代、私たち夫婦と同じ激安ぼろアパート「双葉荘」に住んでいた早川さんだ。

そのアパートは一階と二階にそれぞれ十部屋あったけれど、半分も埋まっていなかった。十畳一間にキッチンと備え付けのベッド。玄関とトイレと洗濯機は共同。風呂は無いので、徒歩一分のところにある銭湯に通う。ひと昔前の下宿のような趣きといえば聞こえがいいが、一人暮らしに憧れる学生にはあまり夢のない住処だったかもしれない。

私は進学することすら親に良い顔をされなかったので、家賃の一番安い部屋を探していた。内見のとき、ひびの入った壁や窓を見て「これで冬を越せるのか」とびっくりしたけれど、案内してくれた管理人のおばあさんがとても親切で、建物の古さなど些細なことに思えた。

一学年上の早川さんもまた親を説得して進学した人だった。実家は長野のりんご農家。卒業したら地元に戻って家業を継ぐ約束をして、四年間の猶予をもらったらしい。そんな状況だから部屋を選べる立場ではなかったのだろう。

一方、夫は少し特殊な事情だった。最初に入居したアパートに「誰か」が居たのだ。その手の気配に敏感な彼は、部屋に足を踏み入れた瞬間から空気の重さに違和感を持っていた。やがて夜中に床のきしむ音が近付き、枕元に「居る」感覚に悩まされるようになり、空室だらけの「双葉荘」へ逃げるように移り住んだという。

こうして三者三様の理由でひとつ屋根の下に集まった。私は怪奇現象のおかげで夫と出会えたのだ。

二階の私たちと一階の早川さんが言葉を交わすようになったのは「お米」が縁だった。あるとき早川さんが訪ねて来て「うちの田んぼでとれたものなんですけど、よかったら食べてください」と、袋にどっさりと詰まった新米をくれた。双葉荘の住人みんなに配り歩いていたようだ。

必要に迫られない限り外と交流を持たない私たちと違い、彼は誰とでもすぐに打ち解けた。「うちで鍋をやるからおいで」と誘われて彼の部屋に行くと、まだ挨拶しかしたことのない一号室の松田さんと六号室の東さんがいた。ともに柔道部だという。こざっぱりした部屋の本棚にはドストエフスキーの『罪と罰』やチェーホフの短篇集といった、私の読んだことのないロシア文学の作品が並んでいた。

ふたりの大男と、ひょろっと背の高い早川さん。このアパートに越して来なければ絶対に接点のなかった人たち。狭い台所に並んで白菜や豆腐を楽しげに切る三人の後ろ姿を、私と夫は炬燵で温まりながら眺めていた。

テーブルの上にはガスコンロ。ぐつぐつ煮立った鍋に大男が器用に鶏団子をこねて投入する。耳たぶの感覚がなくなるくらい凍てつく夜、そんな鍋の会が何度か開かれた。窓にはひびが入ったままだったけれど、記憶にあるのは、あったかい思い出ばかりだ。

春を迎えるごとに、ひとり、またひとりと双葉荘を巣立って行った。引っ越しのトラックが荷物を積み込むことはあっても、空っぽになった部屋に新たな人が入る気配はなかった。

住人のほとんどが教職に就く中、早川さんは宣言どおり故郷に戻り、りんご農家になった。

秋も終わりに近付くと、早川さんからりんごが届く。宅配業者から「サンふじ」の段ボール箱を手渡されるたびに、もうそんな季節か、と思うのだった。

光沢を帯びた甘い香りの完熟赤玉。包丁を入れると、種を取り囲むように黄色い蜜が広がっている。その濃淡や形は、まるで性格診断に使われる染みのように見事で、お礼の葉書に「ロールシャッハ・テストみたいな蜜でした」と自分なりの賛辞のつもりで書いたら、大きなクエスチョンマークひとつだけの返事が届いた。

りんごと葉書、たまに海の幸。それが卒業以来続く早川さんと私たちのやりとりだった。


そんな彼がバイクに乗って北上すること一週間、はるばる我が街までやって来た。夫は行き付けの居酒屋のマスターに「むかしの友人が遠くから遊びに来るんです。地元の旬のものを見繕って出してくれませんか」と電話で予約していた。「友人」と発するとき、どこか照れ臭そうだった。

普段会うことも話すこともないからすっかり忘れて暮らしているけれど、私たちにもそんな大切な人がいたのだ。

待ち合わせの場所に現れたのは顔も腕も真っ黒に日焼けした、筋肉質の眼鏡の男性だった。何もかも違う。色白の文学青年の面影は「眼鏡」にしか残されていない。街ですれ違ったとしても素通りするに違いない。そもそもバイクで旅をするような人ではなかった。バイクより俳句のほうが、しっくりくる。

二十年で人はこんなにも変わるのだ。

そんなことを考えながら、マスターが用意してくれた刺身の盛り合わせに箸を伸ばしていると、早川さんがこちらをまじまじと眺めて言った。

「君たちは大学のときとなんにも変わんないなあ。いいなあ」

驚いた。見た目は年相応に老いているから、関係性について言っているのだろう。

夫は精神科で処方された薬を飲まないと飛行機や電車に乗れなくなった。人のたくさんいるところにも行けない。私は身体を壊してから定期的に浮き沈みを繰り返すようになり、心療内科に通うようになった。外に出て働くことをやめた。

双方の両親からいろんなことを言われたけれど、私たちは子供を持たないことにした。「あきらめた」のではなく、どちらかに迷いのあることはせず、このままふたりで暮らそうと決めた。

私たちは中身も寄り添い方も、二十年で確実に変わった。でも、悩みあぐねた末に最初の場所へ戻ったのではないか。だから、いまここで蟹の身をほじりながらへらへら笑っているのは早川さんの知っている私たちなのだろう。

あまり飲めない夫が、いつになく生ビールをおかわりしていた。

一号室の松田さんは福島で数学教師をしている、六号室の東さんは岩手の塾で働いている、そして十号室の井上さんは……と早川さんを通して双葉荘の面々が全国各地の教育現場で活躍していることを知った。

いや、待って。何でもないことのように笑いながら話すけれど、住人みんなに毎年おいしい初物を届け、それぞれの近況を把握するJAの帽子が似合う世話好き「りんごおじさん」って最強じゃないか。

「定年退職したあとも再任用で働く先生が増えているらしいね。あんたも働き続けるの？」と心配する早川さん。

ざっくりとした物言いだが、その目は夫の身を案じている。

「俺は定年ですっぱり辞めたいな。でもそれじゃ暮らしていけないのかな」

夫も少し不安げに答えた。

「金に困ったらうちで働きなよ。日雇いのバイトだけど」

思いも寄らない提案だった。

甘い蜜の香りに包まれて、枝にはさみを入れる老夫婦。「はい、きょうの分ね」と、お給料を手渡す早川さん。三人おそろいのＪＡの帽子。

うん、悪くない。

乗り合わせた縁

思えば前夜から不吉な出来事が起きていた。

知人の葬儀に向かう道中のこと。車を運転していた夫が道路脇からとつぜん飛び出してきた大型の野生動物を撥ね、廃車にしなければいけないほど大破させてしまったのだ。

雪の降りしきる寒空の下、横たわる動物と息の途切れた愛車を弔うかのように、夫は喪服のまま立ち尽くした。怪我がなかったことだけが不幸中の幸いだった。

こんなときに家を空けて上京するなんて人でなしの極みではないか。

「おとなしく家に居なさい」という先祖のお告げなんじゃないか。

頭の中が自責の声でいっぱいになったけれど、翌朝私は荷物をまとめて家を出た。

都内で大事な表彰式があるのだ。

後ろめたい思いを抱えながら地元の空港に到着すると、いつもと空気が違う。場内アナウンスやカウンターから「天候不良」「調整」「欠航」という単語が飛び交っていた。心臓をぎゅっと握り潰されたように動けなくなった。

ここを飛び立たないと、どこにも行けない。

今夜中に東京に着かなければ、明日の表彰式に間に合わない。

飛行機の到着を待つ人で出発ロビーはあふれかえっていた。大勢の人が心配そうに空を見上げている。「きょう中に東京へ帰らなきゃいけないのに」と係員に詰め寄る老人もいる。運航か欠航か、その判断が下るまで三十分、四十分、一時間と小刻みに待たされる。両手をがっちり組んで祈ったけれど、その甲斐なく欠航の連絡が入った。

人々がカウンターになだれ込む。目の前の人たちが次々と明日の便に変更する中、私は天候の回復に賭けて今夜の最終便を取り直した。東京行きを諦めるという選択肢はなかった。

何もない空港で五時間じっと待機する。その最終便も予定より数時間待たされたけれど、搭乗ゲートが開いた瞬間、疲れが吹き飛ぶほど安堵した。

この機内の人たちは私と同じ不安を抱いていたのだ。そう思うと、自然と仲間意識のような感情が湧いた。

三人がけの座席の通路側に着席する。私の隣は七十代くらいの夫婦だ。足元にコートやおみやげの入った紙袋をいくつも置いていたので「上の棚に入れましょうか」と、まるで客室乗務員のように声を掛けた。ふたりとも小柄で、棚に手が届かなかったらしい。

私は見ず知らずの人に話し掛けることなど滅多にない。無事に離陸する喜びで、感情が跳ね上がってしまったのだ。

東京の街灯りが眼下に迫ってきたころ、不意に先ほどの夫婦に話し掛けられた。

「東京の電車に詳しいですか？　新宿の○○ホテルまでどうやって行けばいいんでしょうか？」

もともと昼の便に乗り、空港からリムジンバスでまっすぐホテルに向かう予定だったらしい。バスの運行はとっくに終了していた。

どうしようか。私は困惑した。彼らが迷わないように口頭で説明する自信がない。すがるように見つめてくるが、私だってよそ者だ。東京初心者に変わりない。

でも、高齢のふたりが大きな荷物を抱えて電車を乗り降りしたり、深夜に慣れない街を歩いたりするのは不安だろうな。同情心が騒ぐ。

私は決めた。

「じゃあ一緒に行きましょう。私も同じ方面ですから」

嘘である。私の宿はモノレールに乗るだけで着く。

すっかり気が大きくなっていた。この老夫婦が私の両親と重なったというのもある。父と母だっていきなり羽田から自力で宿に行けと放り出されたら心細くて泣きそうになるだろう。スマホで乗り換えを調べることもできない。切符をちゃんと買えるかどうかも怪しい。いや、両親ではない。目の前の老夫婦は数年前の私だ。

すると、窓際に座るおじいさんが「私たちは手荷物を預けているから、しばらく待たせてしまいますよ。あなたの帰りが遅くなってしまう」と言った。

そんな気遣いまでしてくれる人だとわかると、なおさら放っておけない。

「今夜はホテルで寝るだけだから遅くなっても大丈夫です」

これも何かの縁だと思った。


老夫婦はベルトコンベアから大きなスーツケースをふたつ降ろした。都内を一日観光したあと、娘の住む名古屋で一週間過ごすという。

時刻は二十三時半。空港の売店はほとんど閉まり、通路も閑散としている。

私は添乗員としての意識が高まり「では、京急線で品川まで向かいますね」と先頭を歩いた。見えない小旗を掲げ、大きな荷物を引く彼らが後に続く。

がらんとした車両に三人並んで座った。

「帰りは私たちだけで乗らなきゃいけないのよ。ちゃんと覚えておかなきゃね」

おばあさんはそう言って手帳に「京急で品川から羽田」とメモした。その隣でおじいさんは、うつらうつらと頭が揺れている。

東京をほとんど知らない私が何をやってるんだ。

流れゆくビルの灯りをぼんやり眺めながら思う。

品川駅では終電の迫る人たちが階段を駆け上がっていた。老夫婦の顔には一日の疲れが滲んでいる。一歩ずつ歩くのが精一杯だ。

「ここからはタクシーでホテルまで行きましょう。会社から交通費が出るので大丈夫です」

気付いたら、私はまた余計なことを言っていた。

ふたりは後部座席に、私は助手席に乗り、ホテルの名を告げる。

すでに日付は変わっていた。

「東京はこの時間帯も車がたくさん走っているのね」

安心したのか、おばあさんの声が明るい。

「きょうは平日だからまだまだ少ないほうですよ。お客さんたちはどちらから?」

そのやりとりで、老夫婦が私の隣町に住んでいることを初めて知った。

「懐かしいなあ。僕はその隣の○○市出身ですよ」

五十代くらいの運転手が嬉しそうな声を上げた。

「あら、みんなあの辺なのね、こんな偶然ってあるのねえ」

おばあさんの一言で、車内の空気が一気にやわらいだ。

私と夫婦と運転手。いくつかの予定が狂って顔を合わせた者たちが、みなひとつの閉鎖的な地方に集約される。とても短い夏、寂しい灰色の海、耳たぶや指先がちぎれそうなほど凍てつく地吹雪の夜。それらを知る者が東京のタクシーの車内で一堂に会す。私は運命を感じずにはいられなかった。

おばあさんが独り言のように静かに語る。

「あの停電の続いた夜は星が本当に綺麗だった。災害だってことも忘れてお父さんと一晩じゅう眺めていたの」

私も同じだった。冷蔵庫も換気扇も動かない。すっかり音の消えた部屋から夜空を見上げた。信号や街灯が姿を消した平地には、星の瞬きを遮るものが何もなかった。

居間のテーブルにろうそくを一本立てた。暗いので本も読めない。猫を挟んで、夫と川の字になる。ただ猫を撫で、時間が過ぎていく。ごろごろと猫の喉を鳴らす音だけが響いた。

「うちは発電機があるから助かったよ。これからの時代は発電機だよ」

おじいさんの発電機メーカーへのこだわりが誰の心も動かさないまま、新宿のホテルに到着した。

束の間の引率だった。私もいったん降り、「旅を楽しんでくださいね」と別れの挨拶をした。彼らと握手を交わす。ふたりの手は温かかった。

「これ少ないけど、きょうのお礼ね」

いつの間に用意していたのだろう。おばあさんがティッシュに包んだ心付けを私の手にねじ込んだ。

そんなつもりじゃなかったのに。心配だから付いてきただけなのに。

申し訳ない気持ちになってタクシーに乗り込んだ。ふたりはいつまでも手を振って見送ってくれた。

「なんだか悪いことをしてしまったな」

「いやいや、お気持ちは受け取っておきましょうよ」

運転手はそう励ましてくれたけれど、私は落ち込んだ。その包みが妙に厚かったのだ。何万円も入っていたらどうしよう。お礼をしようにも名前を聞いていない。「名古屋に娘がいて、やたら発電機が好きなおじいさん」だけで辿り着けるだろうか。

「どちらまで?」と声を掛けられ、我に返った。

「〇〇ホテルまでお願いします」

「えっ? いまの道をかなり戻ることになりますよ? っていうか、さっきの方とどういうご関係なんです?」

「飛行機で隣の席に座っていただけの関係です。さっき会ったばかり。電車の乗り方がわからないって言うから、大変だろうなあと思って」

「神様はあなたのことをちゃんと見てると思いますよ。きっといいことがありますよ」

やさしい言葉だった。思えばタクシー運転手とこんなに会話をするのも初めてだ。

「会社の人に怒られたら私が証人になってあげますからね」

こんなにタクシー代を使いやがって。私がそう叱られるんじゃないかと心配してくれているのだ。

朝早くに家を出て、予定通りに飛行機が飛ばなくて、老夫婦のことが気になって、そうこうしているうちに深夜一時をまわっていた。

座席に沈むように座って窓の外を眺めていると、不意に目の前に東京タワーが現れた。

遠赤外線のような温かみのある光を放ち、冬の空に凜とそびえ立っていた。

「こんな間近で見るの初めてです」

思わずカメラを構えた。スピードを落として走ってくれているのがわかった。どこまでも親切な人だ。押し付けがましさのない静かな声も好ましかった。

「お仕事で東京へ？」の問いには「はい」としか答えられなかった。

明日『夫のちんぽが入らない』という本が表彰されるんです。私が登壇するわけじゃないけれど、その喜びを一緒に味わいたくて遠路はるばる来てしまいました。

そう喉まで出てきた言葉を飲み込む。誰にも言わない。言えない。二度と会わないかもしれない親切な人にさえも。

「じゃあ、お仕事がんばってくださいね」と励まされ、タクシーを降りた。

背中がじんわりと温かかった。


その夜は初めて泊まる宿だった。定宿が満室だったのだ。

手狭なロビーには、ひとりがけの椅子がふたつ並んでいた。薄暗いフロントのベルを鳴らすと年老いた男性スタッフが出てきた。

サインをして部屋の鍵を受け取る。振り返ると、椅子に若い女性が座っており「ひっ」と思わず声を出してしまった。いつからそこにいたのだろう。

私がエレベーターに乗り込むと、扉が閉まる直前、その女性もスッと入ってきた。小柄で、肩まで伸びた黒髪。目鼻立ちが整っていた。私は六階、彼女は四階のボタンを押す。

上昇したとたん、背後からとつぜん話しかけられた。

「このホテル、なんか嫌な感じしませんか？　三階で扉が勝手に開くんですけど誰もいないんです。ひとりで乗るのが怖いから、誰かが来るのをずっと待っていたんです」

「三階で一度開く設定なんでしょうかね」

気にしすぎだろう。

しかし、彼女は引き下がらない。

「ここ空気が重い」と言うやいなやエレベーターがガタッと停まり、扉が開いた。三階だ。身を乗り出して通路を見たけれど、人の姿はない。

「誰もいないんですよ」と言い残し、彼女は四階で降りた。

ひとり残された私は急に恐ろしくなった。

その宿は長期滞在もできるようシンクや電子レンジなどが備えられ、アパートのような造りだった。壁も厚い。不気味なほど、しんとしている。

丑三つ時が近付いている。「ここ空気が重い」が頭から離れない。部屋を見回してみる。鏡が五つもあるじゃないか。置き鏡を裏返しにして倒した。灯りを消せない。テレビもつけっぱなしがいい。チャンネルをNHKに合わせる。モンゴルの少年が馬にまたがり草原を駆けていた。美しい映像だ。音量を少し下げて、ベッドに潜り込む。

目を閉じるが、どう考えてもテレビの反対側から、モンゴルとは関係のないみしみしという物音がする。違うことを考えよう。おばあさんのティッシュの中身は二千円だった。ちゃんと割り勘だった。妥当だ。何も心配いらない。だめだ、まだみしみしと鳴っている。運転手は「きっといいことがありますよ」と言った。確かに言った。

ふと思う。そもそもあのエレベーターの女性、怪しくないか。

私は誰と乗り合わせたのだろう。

長い一日だった。

あの世の記憶

両親とよく出掛けるようになった。これは大人になって変わったことのひとつだ。父と母と私。いつもこの三人。春には桜並木や広大なチューリップ畑、夏はラベンダー畑、秋は紅葉。決まって父が運転する。

五年ほど前、この三人組で青森、秋田、岩手の東北三県をレンタカーで巡った。私はちょうど商業誌に初めてエッセイが掲載されたころで、ふわふわとした気持ちのまま旅の支度をしたのを覚えている。

三泊四日。親戚の結婚式が主な目的だが、せっかくだから観光して帰ろうと東北のガイドブックを購入した。スマホでいくらでも情報を得られる時代に我々はまだ紙の地図を頼りにしている。

ページを開いて「ここに寄ってみようよ」「こんなところに洞窟がある」「高速じゃなくて海岸沿いの景色が見たい」などと顔を突き合わせて蛍光ペンで道順を辿る。そんな作業も含めて胸が躍る。昭和のドライブである。

思えば子供の頃は発言権が与えられなかった。親の決めた場所に、親の決めたルートで行く。窓から景色を眺め「あれは何だろう。行ってみたいなあ」なんて呟いたりもしない。旅は「行きたい」ではなく「連れて行かれる」ものだった。

慣れない道を運転するうちにたいてい両親の喧嘩が始まり、車内に緊張が走る。知らない土地へ行けるのは単純に嬉しい。でも、その逃げ場のない車内で親の怒りに触れずに過ごし、小さい妹たちが余計なことを言わないように目を配る、そのふたつをこなすことに子供の頃は気疲れを起こしていた。

大人になったいまは違う。ようやく対等になれた。当たり前のように勃発する両親の喧嘩を仲裁したり、「ここを曲がってみて」と急に進路を変更させたりする。旅って自由なものだったんだなあと実感する。私は子供時代をやり直したいのだろう。いまの父と母と私の関係で。

我らの旅は常に日の出とともに始まる。それに備えて前日から実家に泊まる。もうこのときから私の気持ちは動き出している。両親は「あんまり夜更かしするんじゃないよ」と小学生を窘《たしな》めるように言い、早々と寝室に入る。

エンジン音すら聞こえない静まり返った集落。薄暗い居間にひとり取り残され、田舎の夜を噛み締めるように過ごす。そんな時間は旅と同じくらい贅沢だ。

降り立った青森空港でレンタカーを借りた。

「しかし、カーナビっちゅうもんは便利だなあ。これの言う通りに走れば着くんだべ？」

父の純朴すぎる問いに若いスタッフは苦笑いし、私と母は不安になった。理解していないのに大丈夫なふりをする癖が彼にはある。会話を「しかし」から始めるのも特徴だ。

その旅で父はひとつの爆弾を抱えていた。少し前に痔の手術をしたばかりだったのだ。何かと「尻を温存したい」と言い、立ち寄った八甲田山や十和田湖から流れ出る奥入瀬渓流の畔も頑として散策しようとしなかった。

七月初旬の青々と茂る若葉。涼しげな川の流れに耳を澄まし、遊歩道を母と歩いた。

「温存、温存ってピッチャーじゃあるまいし」

母の小言も清流が浄化してくれる。

駐車場のベンチで片尻を浮かせ、落ち着かない顔をしている父が見えた。身を乗り出して出番を待つエースみたいだった。

　理解したはずのカーナビに苦戦しながら五所川原と能代を結ぶ五能線に沿って走る。やがて目の前にきらきらと光る日本海が広がり、線路とともに海岸線を並走する。鉄道にあまり詳しくない私でも耳にしたことがある。車窓からの絶景で知られるローカル線だ。茶色い岩肌、新緑、青い海。視界を遮るものがない。故郷の鉛色の海とは輝きが違って見えた。

　中でもひときわ感動したのは隆起と荒波の浸食によって形成された千畳敷海岸。そこに広がる海岸段丘面は、巨人が大雑把に敷いた石畳のよう。打ち寄せた波が岩と岩の隙間を流れてゆく。

「しかし、こんな景色は初めて見るなあ」

　さすがの父もここでは尻の温存を忘れて歩き出した。岩の窪みに溜まった海水の中で藻が揺れていた。その足元の小さな世界に気を取られていたら、先を行く父と母の背中が小さくなっていた。

　岩棚を踏みしめながら海に向かって歩くふたりの姿はどこか現実離れしていて、あの世に旅立つ映像を見ているようだった。波が岩にぶつかり、静かに引いていく。

この光景を本当のお別れの日に思い出すかもしれない。そんなことを考えてしんみりとした。

事件は二日目、秋田の宿で起きた。

夕食にはまだ少し早い。「お父さんも一緒にその辺を散歩してみない？」と誘ってみたが、その日も尻の温存一択だった。

母とJR秋田駅に向かって歩いていると、ビルの立ち並ぶその一角だけ空が広がっていた。遠目にはじゃがいも畑のように見えたそれは、城跡のお堀を埋め尽くす蓮の葉だった。花の見頃にはまだ少し早かったようで、天にまっすぐ伸びた茎の先にふっくらとした薄桃色の蕾を付けていた。夕暮れ時のやわらかな光に包まれ、魔法少女のステッキみたいに輝いていた。

足を止め「街の真ん中にこんな綺麗な場所があるなんてねえ」「毎日散歩したくなるよねえ」と、しばし母と感嘆した。千秋公園。もとは秋田藩主のお城だったらしい。

ふと園内に目をやると赤と黄色のカラフルなパラソルを畳む人の姿があった。さらに胸が高鳴る。秋田名物ババヘラアイスではないか。桃色と黄色、二色のアイスをバラの花びらのようにヘラで巧みに盛り付けるご当地アイスである。

秋田へ行ったらババヘラを。そうネット上の知り合いから情報をもらっていたのに一足遅かった。ヘラの使い手である女性はワゴンに手早く商売道具を収めると、あっという間に去って行った。

宿に戻ると、下半身びしょ濡れの父が口をへの字にしてベッドに腰かけていた。私たちが出掛けたあと、疲れ切った尻に力を与えようとウォシュレットを当てた。すると、その瞬間、ノズルが壊れて勢いよく水が噴き出し、バスルームが水浸しになったらしい。

スタッフがすぐに駆け付けて便器の修理と床の掃除をしてくれたものの、あらゆるやる気を削がれ、びしょ濡れの下着姿のまま途方に暮れていたようだ。

「あんなに尻を温存していたのにね」

私が皮肉を込めて言うと、父は恥ずかしそうに笑い「さて、着替えて飯でも食いに行くか」と立ち上がった。

猫を乗せて

一週間前に飼い猫が死んだ。十二月初旬のいまにも雪が降り出しそうな日だった。十八歳と九ヶ月。人間でいうと九十歳くらいのおばあさん。飼い猫の平均寿命は十五歳くらいと聞いていたので、かなり長生きしたほうだ。私たちは結婚して二十数年。その生活のほとんどを一匹の猫と共に過ごしてきた。

秋口に皮膚病を患い、ひと月ほど動物病院に通っていた。表面上は完治したように見えていたけれど、老体には堪えたらしい。少しずつ食が細くなり、好物だったカニカマ入りのフードも残すようになった。テレビの棚に跳び乗ることもできなくなり、お気に入りの青い座布団の上で丸くなっている時間が増えた。

寝てばかりいるな。まあ、おばあちゃんだからな。あと二年くらい生きられるといいな。私たちはそう話し、この暮らしがゆっくり続くものだと思い込んでいた。

脚がふらついてからは、あっという間だった。最後の一日は猫用ミルクを少し舐めただけ。介護用の軟らかな餌を口元に近付けると顔をそむけた。「なるべく身体を温めて」という医者の指示に従ってフリース素材のベッドと膝掛けを買い、そばに湯たんぽを置いた。

その日の夕方、へたり込むように丸くなっていた猫が意を決したように起き上がり、ゆっくりと隣の部屋へと歩き出した。そこには普段トイレを置いていた。すでに枕元に移動してあることにも気付かず、確かな足どりで向かった。私がトイレを抱え、いつもの場所に置くと、猫はおしっこをして、こんな時にも律義に砂を掛けた。そうして、ベッドまであと数歩のところで崩れるように倒れてしまった。目を見開き「力が入らないなんて自分でもびっくりです」という顔をした。

思えば、粗相をしない猫だった。子猫の時に道端で弱っているのを見つけ、連れ帰ってきた日に座椅子の上でおしっこをしてしまったのが最初で最後だ。それ以来、たったの一度も、こんな瀕死の状態でも砂を目指した。「野良の子だったのにえらいね」と頭を撫でた。

深夜には呼吸が荒くなり、白い泡状の液体を吐いた。もう胃の中は空っぽのはずなのに何度も何度も。痙攣に合わせてキジトラ模様の毛並みがどくんどくんとうねり、風が草を撫でるように波紋を描いた。

明け方、猫のそばでちょっと横になったつもりが眠り込んでしまった。はっと目を開けると、すぐ目の前に猫の顔があった。吐いて身体をくねらせた瞬間、ベッドから頭が滑り落ちたらしい。もう自力で頭の位置すら変えられないのだ。その苦しそうな体勢のまま鳴きもせず、ただじっと訴えるような目でこちらを見ていた。ベッドに敷いたタオルは冷たく湿っていた。「朝一番で病院に連れて行くからね」と身体をさすり、ずり落ちた毛布を掛け直した。

数日前は抵抗して私と先生の手を交互に噛む元気があったのに、その日は診察台の上で力なく横たわるだけだった。点滴とビタミン剤を打ってもらったその帰り道に息を引き取った。

居間の片隅にそっと寝かせ、顔の上にガーゼのハンカチを被せた。

火葬場を検索し電話をかける夫を横目で見ながら、私は猫のトイレとその砂、爪研ぎ、水や餌を入れていた器、猫じゃらし、いつもの座布団などを次々とゴミ袋に放り込んだ。感情を「無」にして、ためらうことなく。いまのうちにやっておかなければいけない。そう反射的に手足が動いた。明日骨になる。それを抱えて帰宅したとき、猫が生活していた痕跡がそのままになっていたら私はとても耐えられないだろうと思ったのだ。掃除機を掛け、丁寧に床を拭いた。傍からは冷酷なまでに必死になって穢れを祓っているように見えたかもしれない。

猫が特に気に入っていた、またたび入りの竹細工のおもちゃや木の棒は遺体のそばに置いた。私たちの目を盗んでつまみ食いしていた鰹節、鮭とばという北の地方の干物、こっそり舐めていたコーヒーフレッシュ、京都の猫寺で長生きを願って買った御守り。一緒に火葬してもらいたいものを枕元に並べていった。

電話を切った夫が「明日かなり早めに家を出るよ」と言った。一緒に暮らした四つの地域の住宅を順にまわり、最後に猫に見せてあげるのだという。

片付けをすることで感情を抑えていた私は「うん」と短く返事をし、しばらくトイレに籠って泣いた。

子供のころ、家のまわりに住み着いていた野良猫は少し撫でただけで喉をグウグウと大きく鳴らした。猫というものはそうやって嬉しさを伝えるのだと思っていた。だから、この猫がちっともグウグウいわないことに驚いた。いつもつんとしている。抱っこしようとすると嚙む。本当に気の向いた時しか膝に乗ってくれない。人間を信用していない。でも、そこがこの猫の良いところでもあった。

ある時、寝転がっている猫の腹部に耳を当てた夫が気付いた。

「グウグウいってる！　すんごく小さな音！」

「本当だ！　ずっとグウグウしていたんだね」

赤ん坊の寝息のような微かな音がした。いつも控えめに喜びを表現していたのだ。なんていじらしい猫だろう。それからは事あるごとに猫の身体にぴったり耳を押し当て「いま喜んでいるね」と確認するようになった。

深夜二時、明かりを消して、冷たくなった腹の膨らみに頬を寄せた。


宙を駆ける脚の動きのまま硬直し、物体になってしまった猫。縦にしても横にしても形態が変わらない。最後まで柔らかさを保っていた耳も、朝起きるとプラスチックみたいになっていた。体重二四〇〇グラム。薄くなった身体を膝掛けで包んで車に乗った。

衰弱した姿を見つけたコンビニ裏の道を抜けて、最初に暮らしたアパートの前で車を停めた。元気になったら里親を探すつもりだった。何日か世話をするだけ。はじめはそう思っていた。夫が猫を嫌いだから、玄関に置いた段ボールの中に入れた。ドアを閉めて私の姿が見えなくなると子猫は声を振り絞って鳴いた。すると、思いがけず夫が「可哀想だから、こっちの部屋に連れて来たら」と言い、その日から私たちの猫になった。顔に被せたガーゼをめくり、「懐かしいね」と一階にある西側の部屋を見せた。

次に暮らしたのは小さな駅のそばに建つアパートの二階だった。引っ越して間もなく「あの家の奥さんは窓から猫のうんこを投げる」と階下の住人に奇妙な噂を流された。建物の構造上か、住人の激しい思い込みか、隣の部屋の赤ん坊の泣き声や足音もすべて我が家が発したと勘違いされ、真下から棒でドスンと何度も突かれた。前の住人は恐怖のあまり半年も持たずに退去したらしいが、私たちは八年という最長記録を叩き出し、管理人を交えた論争の末、階下の夫婦の引っ越しを勝ち取った。「大変だったよねえ、うんこ投げないよねえ」と騒動の現場を猫に見せた。

三軒目のアパートは大きな川のそばだった。階下の住人と揉めた後遺症により、住むなら一階と決めていた。道路に面した日当たりのよい窓辺で、猫はいつも寝ていた。登下校の小学生の集団が「あ、猫だ」と声を上げると、むくっと起きてその少し高い窓から彼らを見下ろす。ちょっと威張っているように見えるらしく「怖い猫ちゃん」と呼ばれていた。「ほら、お気に入りの窓」と腕の中の猫に見せた。その所定の位置には黒い子猫が長い尻尾をピンと立て、背伸びをしていた。

最後に人里離れた沼のそばにある古い一軒家の前で車を停めた。ここで暮らしたのは一年だけ。汲み取り式トイレと下水とカビの入り混じった猛烈な臭いを放つ家だった。沼から虫と蛙が押し寄せる。兎や狸が駆け回る。汚臭に苦しむ我々には目もくれず、猫は初めて見る生き物たちに夢中だった。そう考えたら悪い家ではなかったのかもしれない。猫を抱えて車を降り、肌を刺すような冷たい風を浴びた。

カーナビに沿って車を走らせると、枯れ木に囲まれた心寂しい地に着いた。そこには目が痛くなるような原色のペンキで塗られた建物があった。新興宗教のアジトみたいな不穏なそれが火葬場だった。このセンスを良しとする人に任せて大丈夫だろうか。かなり不安になった。

作業着の老人と中年女性に迎えられ、薄暗く殺風景な火葬炉へ案内された。老人は「さっき犬を焼いたばかりだから中が温まってる。普段より早く焼き上がるよ」と陶芸教室の先生のように言った。お経を上げてくれたり、別れを惜しんだりする時間があると思い込んでいた私たちは面食らった。早く仕事を終わらせたがっている彼らの視線を感じながら、持参してきたおもちゃや鰹節や花束を顔のまわりに供え、手を合わせた。

老人が火の番をし、中年女性が料金の計算をした。女性は「一時間くらい掛かるので、街までお茶を飲みに行ってもいいですよ。このロビーで待っていてもいいです。私は出掛けますが」と悪気なく言い残し、すぐに車で出て行った。ビジネスとしての割り切りを隠そうともしない。そんな事務的なふたりを見ていたら、不思議と冷静に死を受け入れることができた。

隣の部屋からゴーッと点火する音が響いた。夫と一緒に外に出て、煙突を見上げた。「わかりやすく白い煙がスッと上がったりはしないんだね」と微かに揺らぐ陽炎を見つめた。辺りはペット霊園として区画されていたが、墓がいくつかあるだけで、その人気のなさもアジト感を際立たせていた。墓石に刻まれた「ずっと大好き」「いつまでも一緒」の文字を玉砂利の隙間を這うアザミの葉が打ち消していく。キティちゃんの石像の片腕がもげていた。

そうこうするうちに火葬部屋へ呼ばれた。焼くという行為は、諦めを与えてくれるのかもしれない。熱を放つコンクリートの台の上に白い骨が整然と並んでいた。薄い紙の重なりのような脆くて小さな頭蓋骨。ところどころ黒ずんだ大腿骨。頼りないくらい細くて軽い肋骨。柔らかな灰の中からひとつずつ箸で拾い上げていく。「何本かにしてください。後は私がやりますから」と老人に制され、名残惜しい思いで部屋を出た。

骨壺は牛乳パックのような形の骨袋に納めて手渡された。縦長で上部がまだあったかい。その熱が冷めないようにコートの内側に入れた。ぎゅっと締まっているところも、華奢な肩そのものの横幅も、温もりも、まるで猫を抱いているみたいだった。

「蕎麦でも食べて帰るか」と夫が言った。私はそのままコートの下に猫を忍ばせて店の個室に入った。注文を取りに来た店員が去るのを待って小声で言った。

「いいもん見せてやろうか」胸元を開いた。

「おいっ、こんなとこに持ってくるなよ」

夫がギョッとした顔でこちらを見る。

「寒い車の中に置き去りにするの可哀想じゃん。いまわかったんだけど、骨になったらどこでも連れて行けるんだね」

「そっか、いつも留守番させて可哀想だったけど、温泉にも一緒に行けるのか」

急に世界が広がった気がした。私と夫と骨。いつもの旅もこれからは見える景色が変わる。海も夜景も小鉢の並ぶ旅館の料理も、高く掲げて見せてあげよう。

凍える夜の鍋焼きうどん

令和三年が明けて二週間が過ぎたころ、大学時代を過ごした地方都市のビジネスホテルに一泊した。年末から腕の痺れと腫れがひどくなり、少し遠いその街の病院で検査を受けることになったのだ。「さみしくなって泣くなよ」と夫に置き手紙を残し、ちょっとした旅の気分で家を出た。

大雪警報が出ていたその街は厚い雲に覆われていた。出歩く人の姿もない。警報のせいか、最近ずっとそうなのか、街全体が本降り前の静けさに包まれていた。大学卒業後もたびたび訪れていたが、ひとりで泊まるのは初めてだった。

いつの間にかコロナ禍という言葉が定着し、私も当たり前のように使っている。予約した小さなビジネスホテルにも至るところに消毒液が置かれ、部屋のテレビのリモコンは「消毒済み」と書かれた透明な袋に入っていた。朝食のバイキング会場にはナイロンの使い捨て手袋が常備されているらしく、フロントの人には「安心してご利用いただけます」と案内された。しばらく外泊しないうちに変化していたんだな。サービス業の人たちの苦労の痕跡をそこかしこに感じた。

荷物を部屋に置くと、待ち切れずに外へ出た。氷点下十二度。日が沈み、風の冷たさも増している。耳たぶが感覚を失っていく。歩道の厚く張った氷の上に雪が積もっていた。転ばないよう小刻みに歩く。

故郷も進学や就職した地もすべて寒さの厳しい土地だったが、何度経験しても「これくらい平気」なんて言えない。空気の硬さを確かめながら歩いていると、耐久レースに出ているような気持ちになる。ゴール地点の暖房を思い浮かべながら、ひたすら身を硬くして黙々と進むしかないのだ。

不織布マスクから漏れる息が真っ白い。「言うほどガードできてないじゃないの」と怪しみ、ふっふっふと強く吐いてみる。「飛沫」と呼ばれるものたちは結晶になって、きらきらと闇に消えていった。信号で立ち止まるたび、ふっふっふをやる。ここでは誰の迷惑にもならない。

繁華街の懐かしいビル街に向かった。東京や大阪のように緊急事態宣言が出ていないのに閑散としている。かつてスナックや居酒屋で賑わった一角はネオンが消えていた。休業中だろうか。テナントの看板を覗いてみると、一階から六階まで空白になっていた。潰れたデパートの入口には自転車が何台も積み重ねてあった。廃棄物置き場にされているらしい。ここの最上階には小さな喫茶店があり、在学中に夫と何度か訪れた。頼むものはいつも決まっていた。苦めのカラメルソースが掛かっているだけのシンプルでやや固めのプリン。恋人と喫茶店でプリンを食べる日が私の人生にもあるんだ。そう思いながら大事に味わった。あの空間にも物が遠慮なく投げ込まれているのだろうか。

そんなことを考えていたら街路灯のスピーカーから「二時間飲み放題、幹事さんも大助かりの宴会プラン」と棒読みの女性の声が響いた。十字路のどちらにも人影がない。私だけに向けられている声。この女性は幹事や宴会が消えることを知らない世界を生きているんだ。そう思うと、抑揚のない声ものどかに感じた。

昔ゲームセンターのあった場所は駐車場になっていた。私はゲーム全般と大音量がかなり苦手なのに、一時期ここへ通っていた。

大学一年のころだ。私は入学と同時に野外調査の多い研究室に入った。微生物を採取して顕微鏡を覗くという地味な作業をしていると、たまに浮浪者のような格好をした男の先輩がふらりと現れ、新入生を街に連れ出した。年齢不詳。髪も髭も伸ばしっぱなし。留年しているうちに知り合いがみな卒業したという。教授に遭遇すると小言を言われるので、夕方から夜にかけて出没しているらしい。

私と原という男は、みんなのようにうまく断り切れず、その怪しい人に同行した。行き先は飲み屋だろうと思ったが、意外にも酒は一滴も飲めないという。寂れたゲームセンターに直行し「お前ら、ゲームしろ」とメダルをどっさり手渡された。人がゲームをしているのを黙って見るのが好きなのだという。「なんでもいいから、好きなのをやれ、早く」親切心ではなく指令だった。とにかく急かす。なんかよくわからないけど言うことを聞いたほうがよさそう。私たちは背後に先輩の視線を感じながら、メダル落としや麻雀やスロットを何時間もやらされた。メダルが底を突くと先輩が補充した。彼は「下手だなあ」と笑い、勝手に楽しんでいる。

そういう日が何回かあった。先輩なりの労りなのか、帰りには、喫茶店でパフェを食べさせてくれるのだった。浮浪者のような風体の先輩がなぜそんなにお金を持っているのかは誰も知らなかった。株で儲けたとか老舗菓子店の息子だとか、そんな噂はあったけれど先輩はなにも教えてくれない。ゲームを延々とやらせる以外は目立った主張がなく、先輩面もせず、新入生と対等に接する。どこまでも不思議な人だった。

私も原も先輩も口数が少ない。なぜこの三人なのかよくわからないまま行動を共にした。原はタダでゲームをできることが、私はパフェを食べさせてもらえるのが嬉しくて付いて行った。私たちは、あっさり浮浪者の子分になった。


現在、原は沖縄の離島で教員をしている。無口だけど行動が大胆で、「もう寒いところは嫌なんだよ」と縁もゆかりもない南の地を選んだ。年賀状のやりとりだけは続いている。「クラスで育てた野菜が野ヤギの集団に食われて全滅しました」「野ヤギが校庭に居座っています」。最初の数年は見慣れない「野ヤギ」というワードが頻発した。

最近ではエイサーの民族衣装に身を包んだ写真とともに「遊びにおいで」と書いてある。社交性がないように思えた彼が、すっかり地元の人になっている。いつか野ヤギをこの目で見てみたい。ニュースで耳にする程度しか知らなかった島に思いを馳せる日が来るなんて。

ゲームセンターもパフェを食べた喫茶店も、そしてあの先輩もいつの間にか姿を消した。でも、あの人は新たな子分を引き連れていまもどこかの街を徘徊しているんじゃないか。あの指令癖が簡単に直るとは思えない。

通りを歩いていると思い出が次々に甦る。

二年間アルバイトをしていた店はどうなっているだろう。その料亭のメニューには金額が一切書かれていなかった。貧乏学生が足を踏み入れては行けない場所だ。大人になったら自分のお金で堂々と食べに来ようと夢見ていたのだが、私が卒業した後に火事で焼けてしまった。

寒さも忘れ、繁華街の外れまで歩いて行くと、そこは派手な壁色の格安居酒屋に変わっていた。かろうじて窓枠や玄関の位置はそのままだった。しばらく外のメニュー表を眺めるも、当時を懐かしむ要素は見つけられない。風情も焼失してしまったらしい。

いつか、そのうち。そう思っているうちに、大事な場所はなくなる。この数年の間にもお気に入りの書店や喫茶店が惜しまれながら店を畳んだ。

思い出は散在する。私は学生時代の記憶をもとに繁華街の中心部を目指した。見ておきたい場所がある。この街に引っ越してすぐ、夫に連れられて訪れたうどん屋だ。この人と付き合えたらいいなと密かに憧れていた時期だったように思う。

夜ふたりきりで出掛けるのはその日が初めてで、何もない田舎から出てきたばかりの私は「歩いて行ける距離に食べ物屋がある、ネオンがある、夜遅いのに人が出歩いている」と目にするものすべてにいちいち驚いた。何より、自分がその景色の中に存在することに浮かれていた。たくさんの飲食店がある中、小さなうどん屋を選んだのは意外だったけれど、その素朴さがいいと思った。鍋焼きうどんを注文したことは覚えているが、異性との食事が初めてだったので何も味がしなかった。

そんな大事な場所だ。おそるおそる足を運ぶと、ひっそりとした通りに小さな明かりが灯っていた。間違いない。古ぼけた丼が並ぶショーケースも当時のままだ。母校を訪れるような気持ちでドアを開けた。

開店直後だったらしく暖房が効いていなかった。年老いた小柄な男女が厨房にいる。あのときの人たちだろうか。でも、当時もおじいさんとおばあさんだった気がする。二十数年も経っているから経営者が変わっているかもしれない。

迷いなく鍋焼きうどんを頼んだ。じっくりと店内を見回す。ローカル局のラジオが流れている。カウンターには木彫りの民芸品がいくつも並んでいた。そうそう、昔もあった。答え合わせをするように隅々に視線を巡らせると、おばあさんが湯気の立つうどんを運んできた。

記憶の中では、ほうろう鍋だった気がするけれど、目の前に置かれたのは土鍋だった。小さな餅に、味の染みた椎茸。土鍋の丸みに冷えた指先を添えて温めた。凍えた身体に甘めのだし汁。なんてやさしい食べ物だろう。

ふと厨房に目をやると、おじいさんの広げたスポーツ新聞をおばあさんが覗き込み、何やら小声で話している。夫婦かな、夫婦だよな。ずっとこうして、ふたりで商いを続けてきたのかな。想像したら胸が詰まり、味わう余裕がなくなってしまった。

帰り際、おばあさんに思い切って話しかけてみた。

「二十数年前、大学生のときにここへ来たんです。そのころに働いていた方ですか？」

「あらあ、そうなの。夫婦でずっと働いていますよ」

やはり、あのときの人たちだった。私は会っていたんだ。

「私の思い出の場所で。ずっと来たかったんです」

話しているうちに付き合い始めたころや夫婦間のこと、そしていま思いも寄らない仕事に就いていること、変わってしまった自分。身に起きたさまざまな感情が一気に押し寄せてきて苦しくなった。

涙が込み上げ、それ以上おばあさんと対面していられなくなり「また来ます」と慌てて店を出た。

また近いうちに必ず。そう心に決めた。

いつの間にか本降りになっていた。

雪に閉じ込められた通りを早足で出て行こうとする私に、あの棒読みの女性が今度はカラオケを勧めてきた。

ロフトとニジョージョー

旅は煩わしいものだと思っていた。

家族旅行では目的地に着いた途端「おい、何時に帰るんだ」と父が恒例の興醒めな一言を放ち、必ず険悪な空気になった。冒険を嫌い、時間通りに着いて、時間通りに帰宅するのを最善とする男である。お土産を選んでいると「余計なもん買うな」と旅の気分を台無しにする。私はそんな子供時代の記憶がいつまでも抜けないようで、誰かと出掛けるたびに「この人はもう帰りたがっているのではないか」と気にしてしまう。街をぶらぶら歩くにしても「つまらないことに付き合わせている」という罪悪感が募り、楽しめない。

その思いがひときわ強かったのが高校の修学旅行だった。京都と東京でそれぞれ自由行動の時間があり、私はクラスの余り者六人を率いるリーダーを任された。私に人をまとめる力があるわけない。教科書を読めるだけで「すごい」と褒められるような偏差値四十に満たない高校だったので、私は秀才として扱われ、事あるごとに代表を押し付けられていたのだ。慣れというものは恐ろしく、「普通に字が読めるから仕方ない」と次第に抵抗しなかった。

ひと癖あるメンバーを紹介する。夏休み明けに変なパーマで登校し、「地毛だ」と言い張ってクラスの女子から仲間外れにされていた女。すぐ人のせいにして泣く面倒くさい女。クモを手のひらに乗せて笑い、気味悪がられていた女。これといった個性はなく、単純に人付き合いが苦手な私ほか二名。お互いほとんど話したことがない。不安しかない。

当然やらかした。金閣寺に向かうバス停が見つからず、住宅街で洗車していた中年男性に道を尋ねると、なぜか彼は最初から喧嘩腰だった。「ほんとにわかったのか？言ってみろ」と道順を復唱させられた。途中「違う」と何度か叱られた。そのやりとりを五人が息を呑んで見守っていた。

観光地に住んでいると面倒な質問をたびたび受けるのだろう。申し訳ないことをしてしまった。落ち込みながらその場を去る私たちに「あそこはヤクザの家だから近付いちゃだめよ」と通りすがりの女性が小声で教えてくれた。「どう見ても堅気の人間じゃないじゃん。あんな人に道を訊くなんて変だよ」と、クモの女にも諭された。彼女に言われるとは余程だったのだろう。

この自由行動では英語の教師から「外国人に英語で話し掛けて会話をし、サインをもらう」という課題を出されていた。海外の人たちが珍しくて仕方ない、そんな鎖国時代のようなミッションである。当然のようにリーダーの私が声を掛けることになった。羽を伸ばしている相手に失礼だし、私も嫌だ。しかもサインってなんだ。

「ハロー」と近付く黒い制服の田舎者を海外のツアー客が一瞥して避ける。駄目だ、個人に狙いを定めよう。優しそうな人がいい。洗車ヤクザの失敗を活かすのだ。金閣寺の池の前でカメラを構える若い男性に思い切って尋ねた。「このあとどこへ行く予定ですか」。前置きもなくナンパのような質問だったにもかかわらず「ニジョージョー」と答えてくれた。オーストラリアからやって来たという。最後に苦笑いでサインをしてくれた。彼はこの奇妙なやりとりをどう思ったのだろう。

東映太秦映画村でみたらし団子を食べ、錦市場のアーケードを歩いた。五人がちゃんと付いて来ているか何度も振り返りながら。まだ携帯電話のない時代だ。見知らぬ地でメンバーとはぐれたら取り返しがつかない。いつまでも漬け物を試食する「面倒くさい女」に「そろそろ行こう」と声を掛けたら「急かさないで」と大声を出された。評判を裏切らない。きょうは泣き出さないだけマシかもしれない。

千枚漬けを食べる女を眺めながら、私は気付いてしまった。この急かし癖、旅先の父そのものじゃないか。あんなに忌み嫌っていた仕草が無意識のうちに出ていた。その上、私は猛烈に帰りたがっている。早く「引率」という不安から解放されたい。「漬け物なんてどれでもいいだろ」と女の腕を引っ張りたい。

私たちは時間を大幅に余して宿に戻った。父親譲りどころか、超えていた。

ヤクザの一件で信用を失ったらしく、東京の自由行動はパーマの女が主導権を握った。

「わたし東京で行ってみたいところあるんだ。ロフトっていう何でも売ってる店なんだけど」と彼女が提案すると、「家族のお土産そこで買おう」と一同賛成した。パーマの女がそんなに自信を持って言うのだから良い場所に違いない。

パーマの女は雑誌で得た知識を披露した。私を含めて誰ひとりロフトの存在を知らなかった。「何でも売ってる」と聞いて、みんなの頭に浮かんだのはたぶん錦市場だ。

揺れるカールの髪を先頭に、宿のある品川駅からぞろぞろと山手線に乗り、渋谷の街へ降り立った。自分には一生縁のない電車と街に、胸を躍らせる余裕は全くなかった。はるばる片田舎から「何でも売ってる店」を目指すなんて「かなりださい」と思っており、それを都会の人に悟られないように気を付けた。いちいち立ち止まってビルを見上げたりしない。道順も景色も覚えていない。はぐれないよう、ただパーマの女の毛先だけを目で追い、「地毛な訳あるか」と思った。

ロフトにはたくさんの種類のボールペンやノートが並んでいた。確かにすごい。でも、「いまじゃなくても良かったんじゃないか」とパーマの女以外は気付いた。パーマの女は両手に山吹色の袋を抱えて満足そうだった。スリッパや皿を買ったらしい。「高校を卒業したら東京に住むんだ」と彼女は言った。

じゃあなおさら、いまじゃなくてもいいだろ。私の中から再び「父」が飛び出しそうになり、奥へ追いやった。高校生の私たちには「東京」があまりにも遠い。せめて普段の暮らしで使う何でもないようなものを、東京の人と同じ気持ちで買ってみたかったのだろう。パーマの女の愛おしい一面を見た思いがした。

彼女の長い買い物を待つ間、「バック・トゥ・ザ・フューチャー」にハマっていた妹にマイケル・J・フォックスのポストカードを三枚買った。妹は実家を出て行くその日まで部屋の壁に画鋲で留めていた。

大半のグループはディズニーランドへ行ったらしい。頭に丸い耳を付けて帰ってきたクラスメイトに「うちらロフト行ってきたんだ」とクモの女が話しかけ、わかりやすぐ無視されていた。

修学旅行を終えると、余り者六人組は、いつもの「同じクラスの人」に戻った。それぞれの席でお弁当を食べた。クモの女だけは、その後も私たちにロフトの話を振ってきた。


「ニジョージョー」から二十数年後、私は二条城へ行った。

長いあいだ旅というものに苦手意識を持っていたけれど、三十代半ばに初めて京都へひとり旅をしてから、すっかり変わった。計画もないまま好き勝手に知らない街を歩くことの面白さに魅せられたのだった。

スケジュール通りに進めていかなきゃ。級友や親を抜かりなく案内しなければ。そんなことを一切考えなくていい。川面に浮かぶ桜の花びらに足を止め、緩やかに流れてゆく様をいつまでも眺めていい。三回連続パフェでいい。路地に迷い込んで途方に暮れてもいい。誰にも気を遣わずに歩き、その景色や文化を目に焼き付けていった。

何度目かのひとり旅で京都在住の知人Sに案内を頼んだ。当時、入り浸っていたネット大喜利という投稿サイトの知り合いだった。私はその人に「うるさい」「黙れ」など本性丸出しで暴言を吐き続け、そのたびに相手も平然と酷い返しをしてきた。毎回むかついた。もしかすると、この人には気を遣わずに済むのでは。そう思って案内をお願いした。

　自転車を借りて鴨川沿いを飛ばし、見晴らしの良い土手でシャボン玉を吹いてもらった。そのころ、写真サイトにも投稿し、小さな賞をもらったり、ポストカードを作ったりしていたのだ。この機会に何でも頼もう。私は行く先々でSを酷使し、シャボン玉を大量に要求した。虹色の膜に木立や水辺の花が反射し、球体にもうひとつの世界が浮かび上がった。憎たらしいことを言う人間のシャボン玉も等しく美しい。美しければ美しいほど面白い。そんなことがあるのだ。

　二条城もSと行った。ライトアップされて青白く浮かぶ城壁、庭園の水鏡、淡い桜、早口で歴史を語って風情をぶち壊すS。旅に出るならひとりがいいと思っていたけれど、遠慮しなくていい相手となら、ちゃんと楽しい。長らく「ニジョージョー」の平坦な響きのまま止まっていたそれに、厳かな佇まいと色が一挙に上書きされた。

おわりに

その癖を隠さなくていい

旅について書こうと決めたのは、担当の寺谷栄人さんと初めて打ち合わせをした二〇一八年の二月だった。品川駅近くの喫茶店でお会いした。当時、私がひとりで行動できたのは羽田空港に直結する駅に限られていた。乗り慣れた京急空港線と東京モノレールへの安心感だけで上京を乗り切っていたころである。ほかの路線は「迷って飛行機に乗り遅れるのではないか」と不安でお腹が痛くなってしまった。北の山奥で暮らす私にとって、編集者と都内で打ち合わせをすること自体、ひとつの大きな旅であり、冒険だった。

実は寺谷さんとは、その三年前に一度お会いしていた。都内で開催された文学フリマにブログ本を買いに来てくださったのだ。連絡先を訊かれ、その本にメールアドレスを走り書きしたが、緊張していて綴りを間違えたらしい。いかにも私のやりそうなミスである。そこからしばらく音沙汰のないまま過ぎていた。

縁が途切れてもおかしくなかった。嘘のアドレスを教えたにもかかわらず、寺谷さんは別ルートで辿り着き、連載の声を掛けてくださったのだ。

旅のエッセイといっても、その地に思いを馳せることや奇縁も含めた幅広いものにしよう。自分とは無関係だと思い込んでいた人や土地が、その細い糸を辿っていくと、つながっていいた。何気なく通り過ぎた場所が数十年の時を超えて急に意味を持つ瞬間もある。そんな過去の記憶とのつながりもまた、旅ではないか。そう考え、子供時代や作家活動をはじめたころを懐かしく思い返しながら綴った。

子供のころから親に「何でも都合良く結びつけるな」と叱られていた。旅先で猫を見て「ニャーモ（実家の畑を荒らしていた野良猫）が付いて来たよ」と言ったときもそうだった。毛の色が全然違うし、海を越えているし、そもそもニャーモは何年も前に死んでいた。ふらりと現れ、家族の足元にまとわり付く野良猫をニャーモと重ねているうちに、ニャーモと過ごした日々が甦り、いつの間にか目の前の猫がニャーモに見えてくるのだ。

何かを見たり聴いたり触れたりすると、大事なものや忘れかけていた些細な出来事が、わっと降りてくる。それを整理しないまま話すので伝わらない。「こじつけや妄想はいけない」と、いつも注意されていた。

言葉に出さないけれど、点と点を結ぶ作業は頭の中で続けていた。『縁もゆかりもあったのだ』は、そんな少女時代に押しやった声を自由に出していい場所になった。

二〇一五年に両親と三人で青森を訪れた際、まったく興味を示さない父に頼み込んで斜陽館に寄ってもらった。中学、高校と太宰治の作品に浸り、物憂げに頬杖を突く、あのお馴染みの写真を切り抜いて額縁に入れていた。進研ゼミのお便りコーナーに太宰の似顔絵を送って掲載されたこともある。「あなたと同じ時代に生まれたかった」という薄気味悪い一言とともに。自らの愚かさを嘆くわりに、大して反省してなそうなところも人間らしいと思った。

二十余年の時を経て、好きだった人の家に上がれた。「三十分だけだからな」と父に急かされ、好きだった人の米蔵、好きだった人のマント、好きだった人の直筆の手紙を駆け足で脳裏に刻み込んだ。約束の時間を迎え、後ろ髪引かれる思いで窓辺に目をやると、来館者の足跡帳が目に入った。何の根拠もなく「ここに書けば届く」と思った。

「作家として大成しますように」

両親の目を盗んで書いた。当時、商業誌に初めてエッセイが掲載され、嬉しくてたまらなかったのだ。もう一度チャンスをもらえたら、もっと面白いものを書きたい。まだ何者にもなっていないのに、いきなり大きく出た。ここは文章の神様が宿る地だから、はっきりお願いしたほうがいいと思ったのだ。

よく見ると、ほかの人は住所と名前くらいしか書いていない。急に恥ずかしくなって、逃げるように斜陽館を後にした。程なくして連載が決まり、一冊目の本が予想に反して話題になった。二冊目の本はエッセイ賞をいただいた。三冊目の本は自分でも気に入っている。そして、これが四冊目になる。

あの日の願い事を「叶えてもらった」と思い込んでいる。「妄想をやめろ」と「それでいい」が交互に訪れる。私はこの先も頭を抱えたり、急に強気になったり、やはり恥ずかしくなったりしながら書いているような気がする。

怖くて仕方なかった東京にも数年かけて少しずつ慣れてきた。山手線や中央線や地下鉄にも足を伸ばせるようになった。担当編集者の案内で都内の書店を回ったとき、一生縁のない街だと思っていた渋谷も訪れた。スクランブル交差点を渡った先にある大盛堂書店に自著のコーナーが設けられていた。私の分身たちが物怖じもせず涼しい顔で並んでいた。

修学旅行で訳のわからないまま列になって辿り着いた地に、普通に来ちゃってる。怖い場所じゃなくなってる。

それ以来、都内や大阪、京都、札幌、または地方の小さな町へ足を運ぶたびに書店の棚を目で追うようになった。「誰かの手元に置いてもらえますように」と祈りながらタイトルの文字を撫でる。本を手に取ってくれる人がいる限り、その土地とつながることができる。自分の居場所を見つけるのに四半世紀も掛かったけれど、さまようだけで何にもなれない日々にも意味があったのだ。

本作はウェブ上で一年間連載された。月に一度の更新だったけれど、読み終えたばかりの生の声が届く喜びを味わった。サイトのリニューアルに伴い、エッセイのコーナーがなくなると告げられた日、いつまでも涙がこぼれて眠れなかった。載せてもらえない悲しさよりも、もう寺谷さんと一緒に作れなくなるという寂しさだった。

原稿を送ると「気になる点をちょっと鉛筆で書き込みました」と添削されて戻って来る。それが毎回「ちょっと」の量ではないのだ。短時間に細部まで小さな文字で。粗削りだった文章が修正を重ねて少しずつ整ってゆく。振り返れば、その過程もまた私にとってかけがえのない時間だった。たくさんの方に読んでいただけたのは寺谷さんの力が本当に大きい。これは断言できる。

連載は終わってしまったけれど、必ず書籍に。寺谷さんが奔走し、これまで二冊のエッセイ集を刊行した太田出版さんが引き継いでくださることになった。書き下ろしの四作を含めて原稿は寺谷さんに目を通してもらい、連載とエッセイ集で長らくお世話になっている続木順平さんが書籍化の作業を引き受けてくださった。私の「やります」と返事をしてからの遅さ、駄目さ、かと思えば急に訪れる調子の良さ。続木さんにはそれらの特性を理解して接してもらえる安心感があった。ああ、こんな思いも寄らないつながり方もあるのだと、ここでも縁を感じずにはいられなかった。

装丁には鈴木成一デザイン室の鈴木さんと佐々木英子さんのアイデアがふんだんに詰まっている。疫病に阻まれ、打ち合わせの席に足を運べなかったのは残念だったけれど、カバーや表紙はもちろん、作中にまで旅先で撮影した私の写真を生かしてくださった。綺麗に仕上げていただき、ありがとうございます。この本も私の大切な一冊になりました。

カバーに使用したのは、鴨川から賀茂川へ、自転車で川沿いをひとり北上した日の一枚。コロナウイルスの存在しなかった、ただただ平穏な春に撮影した。エッセイに登場する夕張メロンをたらふく食べた宿はコロナ禍に、間違えて男湯に浸かった宿はコロナの襲来を前に、それぞれ倒産した。

つい先日、父が重い病に罹っていると連絡をもらった。旅どころか家の中を歩くのもままならないという。いつもの場所も、いつもの人も、簡単に当たり前じゃなくなる。私はまだ父の尻の話しかしていない。

二〇二一年四月　　　　こだま

初出――WEBマガジン『キノノキ』連載「縁もゆかりもあったのだ」(2018年5月〜2019年9月)に加筆修正をしたものです。「あの世の記憶」「猫を乗せて」「凍える夜の鍋焼きうどん」「ロフトとニジョージョー」は書き下ろしです。

こだま

エッセイスト。実話を元にした私小説『夫のちんぽが入らない』でデビュー。二作目のエッセイ『ここは、おしまいの地』で第34回講談社エッセイ賞を受賞。続編となる『いまだ、おしまいの地』を2020年に刊行。

縁もゆかりもあったのだ

二〇二一年四月二六日　第一刷発行

著者　こだま
発行者　岡聡
ブックデザイン　鈴木成一デザイン室
編集　寺谷栄人
　　　続木順平（太田出版）
発行所　株式会社太田出版
〒一六〇-八五七一
東京都新宿区愛住町二二第三山田ビル四階
電話 〇三-三三五九-六二六二
ファックス 〇三-三三五九-〇〇四〇
振替 〇〇一二〇-六-一六二一六六
HP http://www.ohtabooks.com
印刷・製本　中央精版印刷株式会社

ISBN978-4-7783-1750-8 C0095